KB271573

밥을 짓읍니다

밥을 짓습니다

초판 1쇄 발행   2020년 11월 2일
지은이   박정윤
발행인   김태한 외 1명
펴낸곳   책과강연
총괄기획   이정훈
도서제작기획   김태한
편집   정예헌
본문삽화   박진원

주소   서울 서초구 서초대로 54길 9-8 예림B/D 4층
전화   02-6243-7000
블로그   blog.naver.com/writingin180days
인스타그램   @writing_in_180_days
유튜브   책과강연
카카오톡   writing180
등록   2017년 7월 2일 제2017-000211호

ISBN   979-11-972027-0-4   00810

실행하는 지금이 실현하는 순간입니다.
[책과강연]에서는 여러분들의 원고를 기다리고 있습니다. 원고 투고 및 의견은
writingin180days@naver.com으로 보내주세요. 함께 만들어 갑니다.

'내 책을 서점에서 만나는 기적'

밥을 짓읍니다

박정윤 씀

청승

프롤로그
___

나에게 있어 음식은 단순히 육체적 허기를 채워주는 것만이 아닌 외롭고 쓸쓸했던 지난 시절들의 정신적 허기를 채워준 위로였다.

엄마를 대신한 할머니의 사랑을 받았던 많은 날들. 사랑과 정성이 담긴 할머니의 음식에 담긴 온기가 지금의 나를 있게 했다. 나 또한 그러한 마음으로 사랑하는 사람들을 위해 음식을 했고, 또 그럴 것이다. 음식을 만들 때마다 맛있게 먹는 모습을 떠올리며 더없이 행복해지는 것은 바로 나 자신이었다. 그렇게라도 내 마음을 줄 수 있어서 행복했던 날들을 잊지 않고, 소중하게 잘 간직하며 살 것이다.

할머니의 음식을 보고 자라면서 할머니가 그랬던 것처럼 눈가늠, 손가늠으로 음식을 했다. 가슴으로 기억하는 할머니의 음식은 정해진 레시피가 없다. 그저 나도 모르게 내 것이 되어버린 그 맛을 만들어냈다.

내가 할머니의 음식을 기억하며 그리워하듯이 우리 아이들도 엄마가 그리울 때마다 엄마의 음식을 함께 그리워할 것이다.

언젠가 그 아이들도 사랑하는 사람에게 온 마음을 다한 음식을 내어주게 될 것이다. 그래서 이 이야기와 함께 곁에 없는 엄마와 엄마의 음식이 그리울 때 지난 시간들을 기억하고 추억할 수 있도록 엄마의 레시피를 남겨주고 싶었다.

똑같은 요리법으로 음식을 해도 사람에 따라 그 맛이 다르다.

음식을 하는 사람의 기분 좋은 온도가 손끝에 전해져 음식에 온기를 더하기 때문에.

저마다의 온도가 다르듯, 저마다의 맛이 다른 것은 어찌 보면 당연한 일이 아닐까.

음식을 하는 일은 늘 즐겁고 기뻐야 한다. 그래야 그 마음까지 먹는 사람에게 전해진다.

나는 사람과 마주앉아 밥 한 끼 먹는 시간을 좋아한다.

사랑하는 사람과 함께하는 그 시간만큼 평화롭고, 행복하고, 따뜻한 시간은 없다.

그 시간만큼은 세상 어느 것 하나 부러울 것 없다.

마주앉아 마음을 나누며, 이야기를 나누며, 꿈을 나누며 웃을 수 있다.

내 밥 위에 반찬 하나 말없이 얹어주던 사람, 그 사람은 반찬이 아닌 마음을 얹어주는 것이리라.

그런 당신을 위한 따뜻한 밥 한 끼를 직접 해주고 싶지만 해줄 수 없어서 안타까울 때, 비록 내 손을 통하지 않았더라도 나의 맛을 느낄 수 있게 되기를 바란다.

음식에 내 마음을 담아 사랑하는 사람들의 식탁 위에 올려놓듯, 이제 하나씩 나의 이야기를 시작해보려 한다.

잠시 잃었던 맛을 맛있게 찾아내고, 잠시 잊었던 따스한 온기가 느껴지기를 바라며.

2020년 가을에 박정윤

제4장 가볍지만 특별한 한 끼

❧ ⌒∾⌒ ❧

사랑하는 사람과
음식을 먹었던 날이
따뜻하게 남아 있는 이유는
그 시간과 그 공간의 기억을
마음에 함께 담았기 때문이다.
그러한 마음으로
삶과 사람에 대한 사랑으로 음식을 했다.
음식에 담은 마음을 가슴에 담아
부디 따뜻함으로 살아가기를 바란다.
단 한 번뿐인 인생에서
우리가 함께 했던 순간이
소중하고 아름다운 이야기로
남겨져 있을 것이다.

❧ ⌒∾⌒ ❧

제1장

잊을 수 없는 추억의 맛

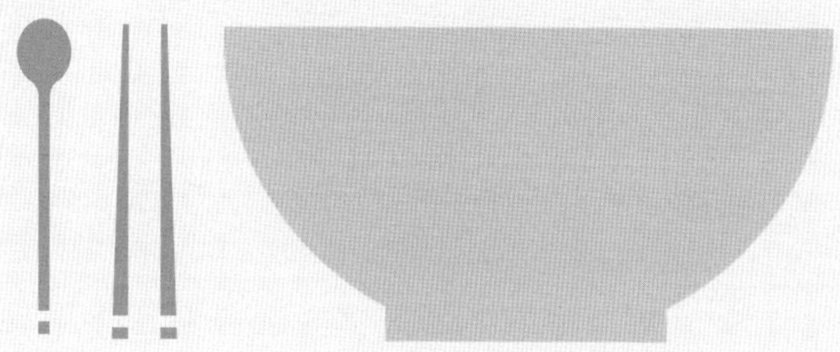

구수한 그리움을 한가득, 된장찌개

나에게 친구는 나이, 성별, 직업과 상관없다. 굳이 정의를 내리자면, 살아가면서 서로 마음을 기대고 인생의 길에 동무가 되어주는 사람들이다. 바쁜 인생을 살며 잠시라도 숨통 트일 여유를 주는 소중한 사람들이다.

어느 날 그런 친구에게서 안부를 묻는 전화가 왔다. 사실 나의 안부보다 자신의 안부를 전하고 싶었던 친구.

기운 없는 목소리에 무슨 일이 있는 것 같았지만 아무것도 묻지 않았다. 평소에 말이 많지 않았던 터라 하고 싶은 말이 있을 때 다 쏟아낼 수 있도록 조용히 들어주고 싶었다. 눈을 마주 보고 들어 줄 수 없어서 어깨를 토닥여줄 수 없어서 못내 아쉬움이 가득했다.

그에겐 잊지 못할 사람이 있었다. 바로 자신을 키워 내시느라 홀로 고생 많았던 어머니. 그런 어머니의 아픔을 생각할 때마다 가슴이 미어져 온다며 눈물을 흘렸다.

처음 어머니의 이야기를 들려주었던 날. 애써 담담하게 말을 이어가면서 슬픔과 그리움으로 가득 차오르던 눈빛을 잊을 수가 없었다. 나 역시 누군가에게 그런 이야기를 한다면 다르지 않을 것 같았다. 그래서인지 낯설지만 낯설지 않았다.

어떤 이유로 묻어둔 아픔이 끄집어내졌는지 모르지만 어머니가 그립다하며 눈물 흘리고 있었다. 눈물을 닦아줄 수 없어서, 나 또한 그립고 보고픈 사람이 가슴을 헤집고 나와서 덩달아 마음이 아파왔다.

누군가를 절실하게 그리워하며 산다는 것.

절실하게 그리운 사람의 빈자리는 무엇으로도 채워지지 않는다.

나 역시 어머니, 아버지에 대한 그리움으로 평생을 살아왔다. 그 빈자리를 채워주었던 사람을 만나 사랑을 하고 사랑을 받으며 잠시나마 잊을 수 있는 날들이 있었다. 하지만 그 사랑이 떠나는 순간 알아버렸다. 절실하게 그리운 것을 가슴에 품고 하루를 살아간다는 것이 얼마나 사람의 가슴을 아프게 도려내는 것인지. 얼마나 사람의 마음을 헛헛하게 하는 것인지.

전화기 너머로 한참을 흐느끼던 친구 역시 나처럼 그리운 어머니의 빈자리를 채워주었던 사람이 있었다.

　운명의 힘으로 만나서 사랑하고, 사랑받고, 이별 후에도 다른 사람으로 대신할 수 없어서 더 애틋하게 더 아프게 하는 그런 사람이.

　가끔 인생은 선한 사람에게조차 잔인하게 다가온다.

　어느 날 친구는 우연히 뜻밖의 장소에서 그립던 그 사람을 만났다고 했다. 그동안 상상하고 원했던 모습이 아닌 너무 초라한 모습으로 갑자기 눈앞에 나타난 사람. 꿈인가 싶어 서로 너무 놀라 뭐라 할 말을 잃었다. 얼떨떨한 마음에 안부를 제대로 묻지도 못하고 뒤돌아섰다.

　그는 어디로 갈지 갈피를 못 잡고 골목에 멍하니 서 있다 제일 먼저 눈에 띄는 허름한 식당으로 들어갔다. 복잡한 마음을 겨우 추스르고 쓰러지듯 앉았다. 손님의 기분 따위 아랑곳하지 않는 주인 할머니는 낡은 테이블 위에다 된장찌개가 담긴 냄비를 조심성 없이 내려놓았다. 된장찌개가 냄비에 가득 담긴 것을 보면서 다른 때 같았으면 후한 인심에 감사했을 텐데 그날은 후회가 되었다. 좀 더 괜찮아 보이는 곳을 찾아 들어갔다면 초라한 기분이 덜했을 텐데.

　수저를 들어 된장찌개를 한술 떠먹었다. 그는 처량하고 애처로운 마음을 찌개에 적셔서 먹고 또 먹었다. 수저를 들어 올릴 때마다 두부, 호박, 양파, 고추, 대파가 모습을 드러냈다.

　된장이며 두부며 호박이며 양파며 고추며 대파도 본디 제가 있던 곳이 있었을 텐데 그곳을 떠나와 한 그릇 안에서 만나 서로 엉켜 있는 것 같았다. 사람과의 만남도 된장찌개 안의 그것과 같다는 생각을 했다. 운명과 같은 만남으로 각자 다른 삶을 살던 사람들이 서로의 삶 안으로 들어가게 된다. 서로 엉키고 엉켜서 더 이상 타인이 아닌 나 자신이 된다.

찌개 안의 그것들도 사람들도 다시 헤어지지 않았으면 좋겠다는 생각을 했다. 서글퍼지는 마음에 된장찌개를 더 이상 먹을 수 없었다. 냄비 안에 남겨두고 싶었다. 그대로 버려질지라도.

사람도 된장찌개도 삶과 뚝배기 안에서 한데 어우러져야 더욱 깊고 진한 맛이 우러나온다. 낡고 닳은 가벼운 수저를 힘겹게 내려놓고 자리에서 일어나기 전에 문득 떠오른 생각이 꿈에서 들려오는 말 같아 옮겨 썼다며 그는 마지막으로 들려주었다.

슬픈 동화 같은 이야기였다.

된장찌개

태어나
살다가 살다가
지나고 지나서
세상일랑 잊고 구름도 잊고

산천지 흘러 흘러
여기까지 왔건만
고향 산길 기쁘게 멀리 시집간
네가 왜 여기 와서 있나
네가 왜 여기까지 왔나
변한 모습에 서로 부둥켜안고
흘린 눈물이 그득하구나.

꽃이 피고 지는 모든 날 우리는 사랑했던 사람을 영영 잊지 못하고 그리워하며 눈물을 삼킬 것이다. 그러다 울고 싶을 때 함께 울어줄 사람이 있다는 것이 그나마 다행인지 모른다.

된장찌개를 끓여야겠다. 무엇이든 손에 잡히는 대로 전부 다 숭덩숭덩 썰어 넣고 큰 냄비에 담을 것이다.

정작 목 놓아 울고 싶었지만 그럴 수 없었던 내 마음을, 그리운 당신을 담고 싶은 내 마음을 큰 냄비에 넘치도록 끓일 것이다.

된장찌개

주재료　무 100g, 삼겹살 100g, 불린 표고버섯 50g, 감자 100g, 양파 100g, 고추 2개, 호박 100g, 두부 1모, 파 1대, 다진 마늘 1t, 고춧가루 1T, 된장 2T, 미소된장 1T, 국간장 1/2T

육수재료　물 8C, 무 100g, 다시마 20g, 멸치 20g, 양파 1/2개

1. 냄비에 끓여놓은 육수 5C를 붓고 된장을 넣는다.
2. 무, 삼겹살, 불린 표고버섯을 넣고 5분 정도 끓인다.
3. 2.가 끓으면 감자, 양파, 고추, 호박을 넣고 다시 15분을 끓인다.
4. 두부, 파, 마늘을 넣고 3분 끓인 후, 마지막에 고춧가루, 미소된장, 된장(간조절)을 넣고 한소끔 끓인다.

흔하지만 특별한 한입, 김밥

어디서든지 쉽게 사 먹을 수 있는 김밥. 그렇게 흔하고 흔한 김밥을 지금껏 얼마나 많이 먹었을까. 느긋하게 식사를 즐길 여유가 없을 때 간단하게 먹었던 그 많은 김밥. 사람들은 누구나 가장 맛있었던 자기만의 김밥이 있을 것이다.

서울로 공부하러 온, 입이 짧은 딸에게 먹이려고 만든 김밥을 내게 먼저 먹여준 언니. 그러다 떠오른 어릴 적 할머니가 싸주시던 김밥. 할머니 댁이 있었던 여수에서 초등학교에 다닐 때, 봄 소풍 가는 날이 돌아오면 얼마나 들떴던지.

찬바람이 물러나고 창밖으로 따스한 기운이 아른거릴 때면, 나무의자에 엉덩이를 붙이고 앉아 있기가 슬슬 지겨워졌다. 마음대로 산과 들을 쏘다닐 때였지만 학교가 공식적으로 인정해주는 봄나들이는 우리를 설레이게 했다.

머리맡에 놓인 소풍 가방 안에는 각종 간식거리가 가득했다.

종일 장을 보느라 바빴던 할머니 덕분에. 그렇게 마음이 들뜨고 설레는데 잠이 제대로 올 턱이 없었다. '내일 비가 오지 않게 해주세요' 두 손 모아 기도하다 보면 어느새 살폿 잠에 빠지곤 했다.

소풍 날 아침은 누가 애써 깨우지 않아도 일찍 일어났다. 화창한 날씨를 확인하고 나면 콧노래가 절로 났다. 할머니가 싸주신 김밥과 간식들이 들어있는 가방을 둘러매고 학교로 향하는 발걸음은 구름 위를 걷듯 가벼웠다.

여수에서 가장 많이 소풍을 갔던 곳은 동백꽃으로 유명한 오동도였다. 줄을 지어 동백나무 숲 사이를 걸으면서도 꽃구경보다는 점심시간에 온 마음이 쏠렸다.

드디어 점심시간이 되면 친구들과 삼삼오오 모여 앉아 각자의 도시락을 꺼내놓고 서로 맛을 보고 평가를 한다. 큰 자존심이 걸린 대결의 순간이다.

나는 도시락을 열어보기도 전에 할머니가 싸주신 김밥이 제일 맛있을 거라는 것을 알고 있었다. 이른 아침부터 김밥을 준비하는 할머니 옆에 쪼그리고 앉아 김밥 끄트머리를 이미 맛보았기 때문이었다. 할머니표 김밥은 친구들의 그것보다 크고 투박하다. 한입에 다 넣으려면 입을 한껏 벌려야 했다.

언제나처럼 김밥대결의 승자는 나였다. 나는 마치 금메달이라도 딴 양 목에 힘이 잔뜩 들어갔다. 할머니의 김밥이 특별히

맛있던 것은 큰 장독대 안에 들어있던 오래된 장맛이 그 비결이었다. 잘 숙성된 간장이 김밥 재료 하나하나에 깊이 스며들어 특유의 짭조름하면서도 달콤한 맛을 냈다. 거기에 고소한 참기름을 두른 흰밥과 아삭새콤 단무지의 조합은 그야말로 환상궁합이었다. 달걀에 다진 마늘을 살짝 넣어 느끼함을 줄인 달걀말이와 간장으로 짭조름하게 간이 된 시금치와 어묵, 감칠맛과 씹는 맛을 더한 햄, 발랄한 활기를 주는 핑크빛 소시지까지! 한 장의 김 위에 얹어진 그 조화로움은 생각만 해도 군침이 돈다.

가끔 옆구리가 터지고 너무 커서 작은 입이 다물어지지 않을 때도 있었다. 매번 '내 새끼 기죽으면 안 된다'던 할머니의 마음은 아무리 커다란 김밥이라도 감당할 수 없었다. 별 다를 것 없지만 특별한 김밥이 볼이 미어지게 가득 찰 때마다 가슴이 뜨거워졌다. 그 힘은 점심시간 후 이어지는 보물찾기 시간에 빛을 발했다. 자신감이 충만했던 나는 그 누구보다 빨리 많은 보물을 찾아내서 아무것도 찾지 못한 친구에게 나눠주기도 했다.

세 아이의 엄마가 된 지금은 그때 그 시절 할머니의 김밥이 그리워 아이들에게 만들어주곤 한다. 그때의 할머니처럼 나만의 간장을 만들어 김밥 재료 하나하나에 양념을 배게 해서 맛을 낸다. 그러면 우리 아이들은 세상에서 가장 맛있다며 엄지손가락을 힘껏 치켜들곤 한다.

흔하디흔한 김밥이 내게는 흔하지 않은 특별한 음식이 될 수 있었던 것은 할머니의 마음을 함께 먹었기 때문이었다. 지금도 내가 할머니의 음식에 깃든 정성과 사랑을 기억하듯이 우리 아이들도 음식에 깃든 엄마의 마음과 사랑을 간직해주면 좋겠다.

내일은 오랜만에 김밥을 만들어 우리 아이들에게 한입 가득 넣어주어야겠다. 볼이 미어지도록, 가슴이 뜨거워지도록.

김밥

집집마다 각자의 방식이 있을 것이므로 레시피 대신 나만의 방식을 소개한다.

주재료 김밥용 김과 밥, 달걀, 단무지, 시금치, 햄, 어묵, 게맛살, 올리브 오일, 참기름, 맛간장, 소금, 간마늘, 통깨

1. 밥에 올리브오일과 참기름을 반반씩 섞어서 소금과 깨로 간을 한다.
2. 간이 된 밥은, 식지 않게 하기 위해 편백나무 밥통에 넣고 뚜껑을 닫아놓는다.
3. 직접 만든 맛간장에 간마늘, 참기름, 매실청을 섞어 김밥양념을 만든다.
4. 단무지, 맛살을 크기에 맞게 준비한다.
5. 달걀은 지단을 부치고, 시금치는 삶아서 간을 해서 무친다.
6. 햄, 어묵은 맛간장 양념으로 간이 배게 볶는다.
7. 준비된 재료에 밴 맛간장 양념의 진득한 맛이 김과 밥과 함께 돌돌 말려 맛있는 맛을 완성시킨다.

따뜻한 한 그릇의 위로, 열무 시래기 된장국

젖은 빗물이 채 가시지도 않은 바람이 나를 향해 불어온다.

살랑거리며 바람이 불어오는 저녁나절에 혼자 터벅터벅 집으로 돌아가는 길이 너무도 쓸쓸하다. 눈앞에 보이는 골목 끝에서 사람의 그림자라도 나를 기다리고 있으면 좋으련만. 오늘 같은 날은 어떤 음식을 먹으면 그리움의 갈증이 사라질까. 지친 마음으로 달려가 사람의 따뜻한 품에 안기고 싶을 때, 말없이 안아주고 말없이 웃어주는 사람이 곁에 없다는 것이 매번 목구멍을 따갑게 했다.

보고픈 사람이 불쑥 '같이 밥 먹자' 하면 좋겠다며 괜스레 전화기만 들여다본다.

어릴 적에는 해가 저물도록 정신없이 쏘다니다가 집으로 돌아가면 언제나 할머니가 기다리고 있었다. 누군가 나를 기다리고 있어서 외롭지 않았다는 것을 그때는 몰랐었다. 늘 말없이 나를 향해 웃어주는 할머니가 있었으니까.

저녁이 되면 굴뚝에서 빠져나와 너울지는 연기를 바라보고 있는 것이 참 좋았다. 흰 연기에서 나던 마른 나무 냄새가 밴 잿빛 그을음 냄새도 좋았다. 지금도 어디선가 마른 나무 타는 냄새에 연기 냄새가 섞여서 나면 그날처럼 마음이 따뜻해져 온다. 해질녘이면 돌아갈 곳이 있으니 길을 잃지 말고 돌아오라며 모락모락 연기를 피워내는 것 같아서.

할머니는 가마솥에다 장작불을 지펴 밥을 지었다. 장작이 다 타고 남은 재에서 그을음 냄새가 나면 코가 간지러웠다. 그 냄새는 할머니 옷자락에 배서 아무리 씻어내도 남아 있었다. 잠결에도 그 냄새로 곁에 있는 할머니를 확인하고 안심할 수 있었다. 그을음 냄새가 나는 할머니의 하얀 머리카락과 폭신한 품이 좋았다. 그을음 냄새가 범벅이 된 따뜻한 품에 안겨서 잠들던 날들을 떠올리는 것만으로도 울컥해진다. 따뜻한 사람의 품에 달려가 안기고 싶어져서 또 울컥해진다.

지금은 울컥한 나를 달래줄 수 있는 것은 나 자신뿐이지만 그때의 유일한 위안은 할머니였고 할머니의 음식이었다. 할머니의 음식을 먹고 잠이 들면 꿈에서 엄마를 만나고 아버지를 만났다.

할머니는 끼니때가 되면 "내 강아지 배고프지야" 하신다. 유난히 작고 빼빼 마른 내가 안쓰러워 보였는지 늘 많이 먹으라는 소리가 입에 붙었다. 한 숟가락을 먹더라도 맛있게 먹어야 복이 들어온다며 꾹꾹 눌러 담은 뜨거운 밥. 들기름을 바른 김과 생선 한 토막을 타고 남은 숯불에다 굽고, 가마솥 밥 위에 얹어 쪄낸 달걀찜과 열무 시래기 된장국을 차려주셨다.

들기름을 바른 김은 고소하면서도 숯불에 구워서 그런지 바삭바삭했다. 입에 다 들어가기도 전에 부서져 김 가루가 턱 밑으로 떨어졌다. 그때마다 할머니는 얼른 손끝에다 침을 묻혀 옷 위로 떨어진 김 가루를 꾹꾹 눌러 찍어내셨다.

말려놓은 열무 시래기 된장국은 매일 먹어도 매일 맛있었다. 맛의 비결인 할머니표 된장의 맛이 특별해서였을 것이다. 말린 열무를 다시 불려서 물기를 빼고 된장에다 조물조물 무쳐 두었다가 국을 끓였다. 가끔 들깨가루를 넣으면 또 다른 맛이 났다. 그릇째 가마솥에 들어갔다가 잘 익어서 나온 달걀찜은 부풀어 오른 모양새가 더 맛있게 보였다. 수저를 들이밀면 부풀어 올라 있던 달걀찜의 한가운데가 움푹 가라앉는다. 어찌나 뜨거운지 호호 불어 먹어도 입안이 뜨겁다. 폭신폭신한 카스텔라 같은 달걀찜은 다 먹은 후에도 그릇에는 따뜻한 온기가 그대로 남아 있었다.

할머니가 차려주신 밥상을 떠올릴 때, 특별했던 음식보다 평범한 밥상이 떠오르는 것은 그 시절 매일의 평범한 일상이 그립기 때문일 것이다. 어른이 되어버린 어느 날부터 평범한 일상이 바로 특별한 일상이라는 것을 알아버렸기 때문이기도 했다.

가끔 나는 할머니의 밥상을 흉내내서 달걀찜을 하고, 열무 시래기 된장국을 끓인다.

평소에는 아이들 기호대로 음식을 하지만 할머니의 품이 그리운 날은 허기진 내 마음을 달래기 위해서 열무 시래기 된장국을 끓인다.

불린 열무를 물기를 꼭 짜서 양파, 다진 마늘, 된장으로 밑간해놨다가 육수에 넣어서 끓이면서 된장으로 다시 간을 맞춘다. 열무에 된장의 간이 배어들어 가도록 푹 끓여서 들깨가루도 함께 넣고, 내 기호대로 매운 고추를 듬뿍 다져서 얹어 먹는다. 된장 간이 밴 열무가 질겅질겅 씹힌다. 다져 넣은 매운 고추가 들깨가루로 고소함이 더해진 된장국을 한층 더 개운하게 해준다. 속이 시원하다. 고추의 매운맛이 아린 마음을 잊게 해준다. 그 사이 들깨가루에서 나온 옅은 기름은 된장국 위로 여트막이 떠다니며 그림자처럼 드리운다. 그렇게 열무 시래깃국을 한 그릇 다 비워내고 나면 고깃국을 먹은 것 마냥 속이 든든해진다. 할머니의 품에 안겨 실컷 울다 세상 모르게 잠들고 싶은 날, 따뜻한 국 한 그릇으로 위로를 받았다.

그때 그 맛은 아닐지라도 함께 먹었던 음식으로 대신 기억할 수 있어서 위안이 되었다. 달걀찜을 하던 가마솥도, 달걀을 풀어서 담았던 낡은 스테인리스 스틸 그릇도 지금 내게는 없다.

전기 압력밥솥이 할머니의 가마솥을 대신하고, 매끈한 찜기가 낡은 스테인리스 스틸 그릇을 대신하고 있지만 할머니의 뜨거운 마음은 그대로 남아 있다. 남겨진 뜨거운 마음을 잃고 싶지 않아서 아직도 돌솥에다 밥을 하고 누룽지를 끓여 먹는다.

지리산 자락 아래 구례의 어느 한적한 마을을 지나던 길에 담장 낮은 집을 들여다 본 적이 있었다. 지붕 밑 처마에 걸린 마른 옥수수와 함께 시래기가 매달려 있는 것을 보니 괜히 반가워서 문을 열고 들어가고 싶어졌다. 그 집 마루에 앉아서 매달린 시래기 옆에다 사람이건 마음이건 매달 수 있는 것은 죄다 매달아 할머니의 맛을 흉내내는 등 굽은 할머니가 되어있는 나를 상상해 보았다. 그때도 할머니가 그랬던 것처럼 누군가 마주 앉아 나를 바라봐 주고 있으면 좋겠다.

그때는 잘 몰랐다.

할머니의 사랑은 당신의 부엌에서 갓 지어낸 따뜻한 밥 한 그릇 먹이는 것이라는 것을. 뜨거운 밥 한 그릇 덕분에 외롭던 날들을 맛있었던 날들로, 따뜻했던 날들로 기억할 수 있다.

온 마음을 다 담아 내어주고 싶은 사람이 내게 생겼을 때 저절로 그때 할머니의 마음을 알게 되었다.

때때로 삶의 무게가 무거워서 발걸음이 더뎌지는 날이나 사람 없는 골목에서 이유 없이 울컥해지는 날이 있다. 사람은 살아있는 동안에 꿈을 꾸고 죽는 순간 꿈에서 깬다고 했는데 더는 아무것도 꿈꾸고 싶지 않은 날이 있다. 이미 지나가고 없는 것들을 붙잡고 싶어서 작은 어깨가 한없이 움츠러드는 날이.

해지는 저녁, 서글픔에 허기가 지는 날은 "내 새끼 배고프지야"하며 차려주시던 할머니의 밥상에 앉아 열무 시래기 된장국을 먹고 세상모르게 잠들었던 그날로 발걸음을 돌린다.

열무 시래기 된장국

주재료 육수, 열무 우거지 600g, 식용유 1T, 된장 4T, 고추장 1T, 다진 마늘 1T, 들깨가루 2T, 물 2C, 청홍고추(풋고추) 3개, 대파 1대

육수재료 물 3L, 무 200g, 양파 1개, 파 1대, 마른 고추 4개, 마른 표고버섯 2개, 다시마 1장

1. 큰 냄비에 육수재료를 전부 넣고 30분 끓인다.
2. 끓여 놓은 육수를 2L 준비한다.
3. 열무 우거지, 식용유, 된장, 고추장, 다진 마늘, 들깨가루에 물 2C을 넣고 조리듯 볶다가 육수를 부어 끓인다.
4. 청홍고추(풋고추), 대파를 마지막에 넣어 끓인다.(기호대로 청양고추 첨가)
5. 모자란 간은 된장으로 한다.

수확에 대한 감사를 담아, 송편

해마다 추석이면 온 가족이 송편을 빚었다. 나는 해가 거듭할수록 제법 예쁘게 빚어냈다. 밤톨만 한 반죽이 작은 손바닥 위에서 동그랗고 단단하게 굴려질 때마다 우리의 추억도 예쁘고 곱게 빚어지고 있었다.

"송편을 예쁘게 빚으면 나중에 예쁜 딸을 낳는다."

할머니 말씀에 더욱 정성껏 빚었다. 지금의 예쁜 두 딸을 보면 그때 송편을 잘 빚었던 모양이다. 아니, 조금 더 욕심을 부려 더 예쁘게 빚을 걸 그랬나?

그때의 추억들이 마음을 따뜻하게 한다. 소중하고 특별한 삶을 차곡차곡 쌓아가는 일상의 힘이 된다.

그 의미를 누구보다 잘 알고 있기에 매해 우리 아이들과 함께 즐거운 마음으로 송편을 빚는다. 힘들고 번거롭지만 집에서 빚는 송편의 맛은 사먹는 것과는 비교할 수가 없다.

송편 만들 준비를 위해 동네 방앗간에 가면 명절의 들뜬 분위기를 누구보다 먼저 느낄 수 있어서 좋았다.

지난 밤 물에 불려놓은 쌀을 가지고 나와 차례를 기다린다. 기계들이 덜컹거리는 소리를 내며 바쁘게 돌아가면 불린 쌀은 희고 고운 가루로 변신해서 나타난다. 따뜻한 김이 뿌옇게 차오른 방앗간은 할머니의 부엌을 떠올리게 한다.

방앗간의 분주함을 더하는 아주머니들의 한바탕 수다를 뒤로하고, 집으로 돌아와 송편 만들기를 시작한다. 그때까지도 아이들은 깊은 잠에서 깨어날 줄을 모른다. 조용한 집안에서 바쁘고 소란한 것은 나뿐이다.

뜨거운 물로 익반죽을 하다 보면 어느새 땀이 줄줄 흐르고 손목과 팔이 저려온다. 그것을 참아내며 힘껏 반죽을 치댄다. 그래야 더욱 쫄깃한 송편을 맛볼 수 있다. 반죽이 다 되면, 갓 볶은 고소한 깨에다 소금과 설탕을 넣고 절구에 빻는다. 깨의 작은 알알이 탁탁 부서질 때마다 고소한 냄새가 한층 더 난다. 적당히 깨가 빻아지면 본격적으로 송편 빚을 준비를 한다.

모든 준비가 다 끝나면 약속이나 한 듯이 아이들이 곁으로 모여든다. 처음에 어설프던 딸들의 송편 빚기 실력은 해마다 거듭한 덕분에 어느 해부터는 꽤나 모양이 그럴싸하게 되었다. 할머니가 내게 그랬듯이 딸들에게도 나중에 예쁜 딸 낳으려면 송편을 예쁘게 정성들여 빚으라고 말해준다.

도란도란 모여앉아 이런저런 이야기를 하며 송편을 빚다보면 어릴 적 추억이 떠올라 손안에 반죽처럼 마음이 말캉말캉해진다. 아이들이 나처럼 이 순간의 우리를 따뜻한 추억으로 떠올리기를 바라는 마음도 함께 빚어 넣는다.

아들 녀석은 반죽으로 정체 모를 것들을 만드느라 여념이 없다. 그것도 지루해지면 반죽이 묻은 손으로 집안을 돌아다니며 어질러놓는다. 덕분에 일이 늘어도 개의치 않는다. 고소함은 어린 아들의 뒷모습을 바라보며 저절로 지어지는 내 미소에서 제일 많이 묻어난다.

서툴지만 진지하게 빚은 송편이 터져서 깨가 흘러나온 모습조차도 귀하게만 느껴진다. 하나둘씩 완성되면 김이 오르고 있는 솥에 넣어 쪄준다. 송편이 익으면 참기름을 발라 소쿠리에 옮겨 놓는다. 뜨거운 김이 손에 닿을 때마다 송편과 같이 익을 것만 같아서 재빨리 찬물에 손을 담가 가며 건져낸다.

참기름을 발라놓은 송편이 채 식기도 전에 냉큼 집어 먹는다. 한입 베어 물면 그동안의 수고가 사르르 녹아내린다. 아침 일찍 방앗간에 가느라 잠을 설친 일, 익반죽을 하느라 손목이 시큰했던 일, 하나하나 모양을 내며 빚느라 어깨와 허리가 아팠던 일까지.

쫀득하게 입에 달라붙는 송편 사이로 터져 나오는 맛이 달짝지근하다. 가을 들판의 따가운 햇볕 아래에서 잘 익어가는 곡식들의 알알처럼 야무지다. 참기름의 고소함에 더해진 깨의 고소함에서는 가을의 들판을 풍요롭게 내리쬐는 따가운 햇살의 맛이 난다. 강렬한 가을 햇살을 입안에 가득 머금고 풍요로움을 느껴본다.

달을 빚어내듯 하얀 송편을 빚으며 남은 한 해에 대한 소원들을 하나씩 염원해내는 일이 한 해의 막바지로 치닫는 계절에 누릴 수 있는 영광이다.

한가위의 풍요와 가을을 여유롭게 보낼 수 있는 것은 지나온 계절들의 수고가 있었기 때문이다.

함께 만든 송편을 먹으며 예쁘게 웃고 있는 아이들을 보면서 나의 풍요로움과 행복은 그 안에 있다고 생각했다.

오랫동안 머물고 싶은 매순간의 행복은 적당히 마르고 익어가는 가을바람처럼 가슴 깊숙한 곳까지 선선하게 불어 들어온다.

우리 아이들 역시 나와 함께했던 사소한 순간들을 소중하게 기억해 주기를 바란다. 그때 그 순간들을 떠올리며 마음 따뜻해지면 좋겠다. 사랑받았던 날들을 간직하며 선한 사람들로 살아가 주기를 바라는 마음이다.

쫄깃하게 삶긴 야무진 영양덩어리, 꼬막무침

작은딸은 고3때부터 집을 떠나 기숙사 생활을 했다.

주말마다 집에 오는 딸을 보는 것도, 그 아이가 그리워했을 집밥을 준비하는 것도 작은 기쁨이었다.

우리가 매일 먹는 음식은 계절의 변화에 가장 많은 영향을 받는다. 날씨가 더우면 더위를 가셔줄 음식을 찾고, 날씨가 추우면 추위를 가셔줄 음식을 찾는다. 그때에 따라 먹어야 더 맛있기 마련이다.

때로는 입에 닿지 않아도 마음에 닿았던 음식이 먹고 싶어지는 날이 있다.

작은딸이 좋아하는 꼬막무침은 날이 더워지면 상하기도 쉽고 맛도 없어진다. 찬바람이 불기 시작할 때 아침 시장에 가면 토실하게 여문 꼬막들이 낡은 그릇에 담겨 있다. 특히, 최고로 대접받는 것은 벌교 앞바다에서 온 꼬막이다. 옛말에 '벌교에 가서 주먹 자랑하지 마라'는 말은 단백질과 아미노산이 풍부한 꼬막을 즐겨 먹는 그 지역의 사람들이 힘이 세진 덕분에 생긴 말이라고 한다.

발이 푹푹 빠지는 갯벌에서 널배를 타고 바닥을 훑어 꼬막을 건어 올리는 일은 여간 힘든 일이 아닐 것이다. 갯벌로 불어오는 칼바람을 온몸으로 맞으며 손이 꽁꽁 얼어버릴 듯 시려도 아낙들은 하루도 일을 쉬는 법이 없다. 우리는 식탁에 편히 앉아 아낙들의 노고를 감사히 먹는다.

꼬막은 한철에만 먹을 수 있어서 그러거니와 예전처럼 흔하지 않아서 언제부터인가 자연산보다는 양식이 많아지고, 그에 따라 가격도 비싸져 귀한 음식재료가 되었다.

꼬막을 삶는 일은 별것 아닌 듯 보여도 쉽지 않다. 집집마다 선호하는 익힘 정도가 미세하게 달라 그에 맞게 삶아내려면 섬세한 감각이 필요하다.

눈으로는 껍데기가 열리기 바로 직전의 순간을, 코로는 껍데기 안에서 살이 익어가는 냄새를, 손으로는 그 두 순간에 맞춰서 멈추는 일을. 이 세 박자가 딱 맞아 떨어져야 한다. 물의 양과 시간을 정확히 재서 원하는 식감대로 삶아내는 일은 몇 번의 실패의 과정을 겪고 나서야 가능한 일이다.

꼬막을 좋아하는 작은딸의 취향에 맞게 삶는 나만의 방법이 생겼다.

일단 물이 끓으면, 불을 끄고 씻어놓은 꼬막을 넣고 한쪽으로 저어준다. 꼬막의 껍질이 벌어지려는 찰나에 멈추고 찬물에 슬쩍 헹궈준다. 그 찰나를 알아차리는 매서운 눈과 빠른 손놀림이 꼬막의 맛을 결정하는 핵심 기술이다.

너무 푹 삶아져서 수분이 빠지면, 부드러운 식감을 느낄 수 없고 맛도 없다. 게다가 꼬막에서 흐르는 피비린내가 바닷물 비린내에 더해지면 양념장이 아무리 맛있어도 완벽하게 조화로운 맛을 낼 수 없다.

그렇게 잘 삶아낸 꼬막이 식으면 일일이 껍질을 제거한다. 맨손으로 꼬막 껍데기를 제거하고 나면 손톱 끝이 갈라지고 손톱 밑의 살은 까슬까슬해진다. 수저를 지렛대 삼으면 좀 더 수월하게 제거할 수 있지만 요즘은 꼬막 손질용 전용 도구가 나와 있어서 더욱 편리해졌다. 맛있게 먹을 딸아이를 생각하면 손톱 끝이 갈라지고 까슬까슬해지는 것쯤이야 아무래도 괜찮다.

우리 집 요리에서 빠질 수 없는 기본양념이 되는 맛간장에다 매실 엑기스, 다진 마늘, 깨소금, 참기름, 고춧가루, 송송 썬 쪽파를 넣고 양념장을 만들어서 먹기 직전에 버무려준다.

뜨거운 밥에 꼬막 무침을 얹어서 먹으면 그 맛은 두 말이 필요 없단다. 아예 큰 그릇에다 쓱쓱 비벼서 한입 가득 넣으면 볼이 불룩해져 꼬막속살처럼 탱탱하다.

알맞게 잘 삶아진 꼬막 속살은 부드러우면서도 쫄깃쫄깃하게 씹힌다. 적당히 맛 좋게 남은 비린내는 쪽파와 참기름, 매실이 들어간 양념장에 같이 버무려진다. 밥을 몇 공기를 먹어도 모자란단다. 모든 음식의 기본이 되는 엄마만의 특별한 양념 맛이 집에 왔다는 것을 실감 나게 해준단다. 며칠 후, 기숙사로 다시 돌아가는 딸이 안쓰러워 눈시울을 붉히던 것이 엊그제 일 같다.

작은딸은 가끔 엄마의 음식이 그리울 때는 그 맛을 찾아 식당에 들어갔다가 어설픈 맛 때문에 해소하지 못한 갈증만 더해서 나온다고 했다. 엄마의 맛이 생각나서 식당에서 먹은 꼬막 비빔밥으로 간신히 배만 채웠다며 아쉬워하기도 했다.

나는 추운 겨울을 싫어하지만, 아이들에게 겨울은 엄마가 해주었던 맛있는 음식이 있는 따뜻한 계절로 기억되고 있다. 그 사실이 내게 겨울을 좋아할 수 있는 이유를 선물한다. 내가 만든 음식을 먹어주는 사랑하는 사람이 있어서, 따뜻한 사람의 품을 그리워할 수 있어서.

그 아이들이 언제라도 마른 풀냄새가 나는 머리카락을 날리며 내 품에 안겨오면 바람이 묻은 서늘한 볼을 비비며 환하게 웃어 줄 것이다.

꼬막무침

주재료 꼬막

간장양념 1 간장 3T, 설탕 2t, 식초 1, 1/2T, 다진 마늘 1t, 참기름 2t, 깨 1T, 청홍고추 1개씩, 쪽파(먹기 직전에 넣기)

간장양념 2 맛간장 1T, 고춧가루 1/2T, 참기름 1T, 통깨 1T

1. 삶아서 손질한 꼬막을 분량의 간장양념 1 또는 2를 기호대로 양을 조절해서 무쳐 먹는다.

찰진 오징어의 탱탱함, 갑오징어 무침

더위가 한풀 꺾이긴 했어도 여름의 뜨거운 용맹에 지칠 대로 지친 사람들은 변덕스럽게도 겨울이 그립다 했다.

오징어 역시 거의 사시사철 먹을 수 있지만 싱싱하게 제철의 맛을 느끼려면 여름의 뜨거운 태양이 조금 사그라들어 선선한 바람이 불어야 한다.

오징어 덮밥을 해서 한 끼 식사를 해결하기도 하고, 추워진다 싶을 때쯤이면 싱싱한 오징어를 삶아 초고추장에 찍어 먹기도 한다. 쫄깃하게 씹히다가 어느새 부드럽게 사라지는 연한 오징어의 맛을 만끽할 수 있다.

오징어와 달리 갑오징어는 이름부터 무게감이 느껴진다. 몸통과 다리는 짧고 도톰하지만, 갑옷 입은 용맹한 장군이 연상된다. 맛에서도 그런 무게감을 찾아볼 수 있다. 그래서인지 갑오징어는 일반 오징어보다 살도 두꺼워 씹는 즐거움이 일품이다.

갑오징어의 단단한 뼈는 지혈작용에도 쓰인다는데 왠지 갑오징어의 필연적 힘인 것 같다는 생각이 든다. 손질하는 사람의 힘도 그에 못지않아야 잘 다룰 수 있으니까.

끓는 물에 식초를 두어 방울 넣고 삶으면 갑오징어가 조금은 부드러워진다. 삶아낸 갑오징어는 미나리와 함께 먹어야 제맛이다. 초고추장 양념에 조물조물 무치면 단맛과 신맛이 갑오징어만큼이나 힘 좋게 훅치고 올라온다. 양념 묻은 손으로 얼른 미나리에 감싸 입에 넣지 않을 수 없다. 두툼한 갑오징어 살이 탄탄하다. 힘없이 늘어졌던 몸도 탄탄해지는 것 같다. 미나리 향은 입안을 상쾌하게 한다. 술을 즐겨 마실 줄 안다면 새콤달콤한 갑오징어 무침에 막걸리를 한잔 쭉 들이키고 싶다. 콧노래가 저절로 나올 것 같다. 실제로 제철 갑오징어 무침은 비싼 술안주이다. 취기가 올라오면 덩달아 흥도 올라 콧노래가 목청을 돋우게 한다. 기분대로 큰 소리 한번 내질러 본다. 갑오징어를 맛있게 먹고 나서 그날의 좋은 기분은 남겨두고, 나쁜 기분은 지워버리면 된다.

그날은 나도 그랬다. 하루 종일 가라앉는 기분이 갑오징어 무침과 미나리를 실컷 먹고 나니 훨씬 괜찮아졌다.

음식은 단순히 배를 불리는 게 아니다. 텅 빈 마음도 채워준다. 가라앉았던 마음을 두둥실 띄워준다.

갑오징어 무침

주재료 손질한 갑오징어

양념장 고추장 100g, 고춧가루 1T, 다진 마늘 1T, 물엿 2T, 식초 4T, 참기름 4T, 통깨 1T

1. 오징어 양에 따라 양념장 양을 조절해서 무쳐 먹는다.

소중했던 풋사랑의 기억, 떡갈비

어느 날, 우리는 처음 만났다. 처음 만난 우리는 떡갈비를 먹었다.

그런데 하필이면 그날, 지갑을 두고 왔단다. 밥값은 내가 냈다. 같이 먹었으니 누가 내면 어떠냐고 대수롭지 않게 여겼던 나와 달리 그는 몹시 신경이 쓰였을 터였다.

하지만 덕분에 지금 이렇게 첫 만남을 기억하고 함께 먹었던 음식을 추억할 수 있으니 그것으로 그날 밥값은 이미 다 하고도 남음이다. 오히려 떠올릴 수 있는 그리운 시간들을 남겨준 사람에게 두고두고 감사한 마음이다.

그 이후에도 우리는 가끔 떡갈비를 먹었다. 언제 어디에서 먹었는지, 어떤 기분이었는지, 어떤 맛이었는지, 어떤 말을 했는지, 어떻게 웃었는지조차도 너무도 또렷하게 기억하고 있다. 그래서 떡갈비는 특별히 좋아하는 음식이 아니었음에도 불구하고 그 이후로는 잊을 수 없는 음식이 되었다.

시간이 지났지만 희미해지지 않고 오히려 선명해지는 옛 순간이 있다. 그때로 되돌아가고 싶은 순간이. 그때 먹었던 음식에 대한 선명한 기억도 함께 말이다.

가장 따뜻하다고 생각하는 밥상 앞에, 가장 따뜻하게 해주었던 사람이 앉아 있었다. 지금보다 한참 모자라고 서툴렀던 내가 그의 앞에 수줍게 앉아 있었다.

사람들이 첫사랑을 기억하는 것은, 처음이 주었던 설렘을 다시 느낄 수 없기 때문이다. 그 기억들을 더욱 애틋하게 해주는 것은 그날 함께했던 사람과 함께 먹었던 음식의 맛과 향이 더해져 있기 때문이다.

처음 함께 먹었던 음식인 떡갈비를 볼 때마다 애쓰지 않아도 떠오르는 그 시간들이 그립다.

우리가 나누었던 많은 이야기와 이룰 수 없는 꿈이었을지라도 그 순간만은 꿈꾸고 웃을 수 있었다. 떡갈비를 한입 베어물 때마다 설렜던 나를 기억한다.

입맛에 꼭 맞는 떡갈비를 찾기는 쉽지 않다. 만두와 떡갈비에 대한 입맛이 유별나게 까다로운 편이라서 그렇다. 유명 맛집을 찾아다니며 먹어봤지만 입맛에 꼭 맞는 떡갈비 맛을 찾아내기는 쉽지 않았다. 여수의 떡갈비 집은 아주 오래전에 먹었던 적이 있었지만 그 맛을 잊고 있었다.

어느 날 아주 오랜만에 다시 가게 되었다. 그날 이후로 그 맛은 새롭게 각인되었다. 그날의 맛과 사람은 떡갈비의 맛보다 더 선명하게 기억에 남았다.

언젠가 더운 여름날 친구들과 떡갈비가 유명한 담양의 맛집을 찾아가 한 시간 넘게 기다렸다 먹은 적이 있다. 정갈하게 잘 차려진 한 상은 기다린 시간이 아깝지 않았다.

가격이 싸지는 않지만 든든하게 한 끼를 해결할 수 있는 떡갈비는 소중한 추억이 더해진 따뜻한 맛을 내게 준다.

사람의 온기가 더해진 따뜻한 맛이 그리워질 때면 나만의 떡갈비 레시피를 꺼낸다. 고기에 양념을 하고 다 하지 못했던 마음과 말을 함께 넣어 잘 배어들도록 더하고 더해서 치댄다.

그렇게 만든 떡갈비를 가장 맛있게 먹을 수 있는 비결은 육즙이 빠져나가지 않게 잘 구워내는 것이다.

양념 때문에 겉만 타고 속이 덜 익을 수도 있고, 속까지 익히려고 약한 불에 계속 굽다 보면 육즙이 다 빠져나와 촉촉한 맛을 잃어버려서 퍽퍽한 맛이 난다. 집에서 직접 만드는 떡갈비도 사실은 아주 완벽하게 마음에 들지는 않는다.

집에서 쓰는 화력이 약한 오븐이 식당에서 쓰는 것에 못 미치므로 속까지 익히다 보면 육즙이 많이 빠져나갈 때가 있다. 그 약점을 보완해서 떡갈비를 만들어야 한다. 보통은 소고기 떡갈비와 돼지고기 떡갈비로 나뉘는데, 집에서는 부드러움을 잃지 않게 하려고 주로 소고기로 떡갈비를 치댄다. 소고기가 익으면서 육즙이 빠져나와 뻣뻣해지는 단점을 보완하려면 불 조절이 관건이다.

다진 고기에다 간 마늘, 소금, 후추, 간장으로 밑간하고 씹히는 맛을 더해주기 위해 생밤을 다져 넣는다. 달구어진 팬에 인내심을 가지고 떡갈비를 구워낸다. 양념간장을 옅게 만들어 놓고 떡갈비를 뒤집을 때마다 겉에 발라서 수분과 함께 빼앗긴 간을 보충해주며 굽는다.

굽는 기술이 부족한 것인지, 조금 덜 치댄 것인지 구운 떡갈비가 야속하게도 부슬부슬 떨어져 나갈 때가 있다. 떡갈비는 식기 전에 맛을 봐야 얼마나 간이 잘 배였는지 알 수 있다. 간장의 짭조름한 맛에 더해진 마늘의 향이 고기 비린내를 숨겨주고, 생밤이 간간이 씹히면서 육즙이 빠져나온 소고기의 뻣뻣함을 슬쩍 감춰준다.

그렇게 실컷 먹고 남은 떡갈비는 냉동보관 해두었다가 해동한 후 살짝 구워서 먹으면 된다. 그렇게 냉동 보관한 떡갈비가 아주 유용할 때가 있다. 갑자기 늦은 밤 야식을 찾는 아이들에게 떡갈비를 패티로 넣어 미니 햄버거를 만들어 먹였다.

떡갈비를 특별하게 생각하는 내 이야기를 딸에게 들려주었다. 저도 남자 친구와 떡갈비를 먹으러 갔었던 이야기를 끄집어내서 한참을 재잘거린다. 왠지 모를 기분이 솟구쳤다. 바로 어제 같던 날로부터 너무 멀리 와버린 것 같았다. 다시 되돌릴 수 없는 그 시간을 삼켜버린 내 앞에 꽃 같은 시간을 보내고 있는 꽃 같은 딸이 가슴을 찡하게 했다. 내 모습 위로 딸의 모습이 겹쳐졌다. 언젠가 기억하고 추억하게 될 시간들이 소중했다는 것을 알게 될 것이다. 삶과 사랑은 그렇게 사람을 통해서 배워 간다는 것을.

첫사랑이 첫 번째 사랑인지 처음 사랑인지는 몰라도 어차피 단 하나뿐이었던 사람과의 좀 더 세련되고 멋있는 첫 식사였다면 낭만적이었을까. 하지만 어디서 무엇을 먹었던들 그 사람만 내 곁에 있으면 되었다. 그곳이 어디든 소중한 기억으로 남아 있으니 그걸로 충분하다.

음식은 적당한 시간이 지나 숙성이 되면 양념이 잘 스며들고 배서 최고의 맛을 내게 된다. 떡갈비처럼 치대고 치대서 서로 엉켜야만 깊은 맛을 완성할 수 있는 것처럼 치대는 것도 엉키는 것도 혼자서는 할 수 없는 일이다.

사람과 사람 사이에도 함께한 시간이 무르익어 서로의 마음으로 배어 들어서 더 깊어질수록 떼어낼 수 없게 된다.

그 사람은 시간이 지나도 내 마음에서 떼어낼 수 없는 사람으로, 세상 어디에도 없는 사람으로 남아있다.

떡갈비

주재료 갈비살 다짐 600g

고기 양념소스 1 다진 마늘 1T, 양파 3T, 파 2T, 배즙 3T, 설탕 1/2T, 꿀 1/2T, 참기름 1T, 찹쌀가루 2T, 밤 1/4C, 대추 2T, 잣 2T, 간장 2와 1/2T, 소금, 후추

고기 양념소스 2 간장 1T, 육수 or 물 1T, 꿀 1t, 물엿 1t, 설탕 1t, 후추

1. 다진 갈비살에 양념소스 1.을 넣어 뭉쳐질 때까지 치댄다.
2. 양념된 고기를 적당한 크기로 빚어준다.
3. 빚은 떡갈비는 가운데 부분을 살짝 눌러주고, 팬에 굽는다.
4. 윗부분이 익을 때까지 팬의 뚜껑을 덮어둔다.
5. 윗부분이 익으면 뒤집어서 양념소스 2.를 발라서 뒤집어 가면서 굽는다.
6. 익힌 떡갈비는 냉동 보관해서 먹는다.

염원을 담아 정성껏 지어낸, 대보름의 오곡밥

어릴 적, 명절이 다가오면 괜히 기분이 들뜨고 설레었다. 지금은 서글프게도 명절이 돌아오는 것이 불편하고 부담스러워지는 나이가 되어버렸다.

명절이 되면 어린 나도 덩달아 바빴다. 명절 맞이에 여념이 없는 할머니를 따라다니느라 놀 틈이 없었지만 명절의 들뜬 분위기에 더해진 음식 냄새가 온 집안에 진동하면 그저 좋았다. 좋았던 그 시절을 떠올리면 명절준비가 힘들고 번거롭다가도 따뜻한 미소가 일어난다.

할머니는 일 년 중 으뜸 명절인 설날을 한바탕 크게 치르고 나서, 숨 돌릴 틈도 없이 정월 대보름을 맞을 준비를 시작하셨다. 할머니의 부엌은 잠들 시간도 없이 다시 또 부산스러운 활기로 가득했다.

할머니는 늘 말씀하셨다. 설보다 정월 대보름을 더 정성껏 준비하고 조상님께 치성을 드려야 온 가족이 한 해 동안 무탈하게 잘 지낼 수 있다고.

그래서 우리의 대보름은 할 일 천지였다. 묵은 나물과 오곡밥을 지어내고 병을 물리쳐줄 부럼을 준비하고, 간택고사, 더위팔기, 쥐불놀이, 달집태우기 등의 액막이 행사를 쫓아다니느라 정신이 없었다.

달이 유난히 밝던 정월 대보름, 아버지와 쥐불놀이를 했던 기억이 있다. 마른 풀들을 순식간에 태워버리는 불꽃은 작은 내 두 볼까지 벌겋게 달아오르게 했다.

겨울밤 어두운 들판에 서 있으면 휑해진 나뭇가지 사이로 불어오는 차가운 바람이 작은 등을 시리게 했다. 차가운 바람에 몸을 부르르 떨면 아버지는 얼음장 같은 차가운 두 손을 입가에 갖다 대고 호호 불어 주셨다. 지금도 그때를 생각하면 두 손과 두 볼이 뜨겁게 불에 타오르는 것 같다. 차가운 손을 잡아줄 때마다 가슴이 뜨겁게 타올랐다.

뜨겁던 불꽃들이 눈동자 안에서 춤을 추던 그때, 아버지 손을 잡고 커다랗고 하얀 달을 보면서 어떤 소원을 빌었을까?

이룰 수 없는 소원을 빌었을까?

이룰 수 있는 소원을 빌었을까?

겨울밤 들판에서 타다 남은 마른 풀냄새를 온몸에 싣고 아버지와 마주 앉아 할머니가 정성스럽게 장만한 음식을 먹었다. 행복하다는 감정이 저절로 느껴졌다. 아버지가 좋아하시던 달짝지근한 식혜와 오곡을 넣어 찐 찰밥은 그때를 떠올리게 하는 소중하고 귀한 추억의 맛이며 사랑의 맛이다.

정월대보름을 함께 보낸 시간은 비록 짧았지만 매해 그날이 돌아올 때마다 아버지가 그리운 만큼 할머니의 음식도 그리워진다.

그날만이 아니더라도 할머니의 부엌에서는 매번 세상에서 제일 맛있는 음식이 만들어지고 있었다. 내 기억 속 할머니의 부엌 아궁이에서는 늘 장작불이 타고 있었다.

또 어느 해 정월 대보름날은 잠결에 달그락거리는 소리에 잠에서 깨어났다. 눈을 비비며 맨발로 부엌으로 갔다. 부엌은 음식에서 나오는 더운 열기와 안개 같은 희뿌연 김으로 가득 차 있었다. 할머니는 커다란 솥에서 갓 쪄낸 찰밥을 잠이 덜 깬 내 입으로 밀어 넣으셨다.

"참말로 맛있지야?"

고개를 끄덕이는 나를 보며 환하게 웃으시는 할머니의 얼굴이 하얀 김 덕분에 더욱 뽀얗고 밝아 보였다.

지금도 잊을 수 없는 그 맛. 세상 달고 차진 맛있는 밥.

내 마음을 데워주던 할머니의 따뜻한 밥.

언제까지나 그리울 할머니의 품 같던 따뜻한 맛.

할머니의 따뜻한 맛이 그리울 때마다 그때의 맛을 흉내내어

찰밥을 지어 먹는다. 내가 지은 그 밥을 먹고 사랑하는 사람들이 그때의 나처럼 따뜻하기를 바라는 마음으로.

팥은 이물질을 제거하고 씻어낸 다음 뭉개지지 않을 정도로 삶는다. 팥물을 써야 하므로 물을 넉넉하게 넣고 삶아서 여유 있게 팥물을 준비해둔다. 3~4시간 불린 찹쌀을 체에 걸러 물기를 뺀다. 팥물에는 설탕과 소금으로 간을 한다. 찜기에 찹쌀을 넣어 팥물이 골고루 배어 간을 맞도록 뒤적여가면서 쪄낸다.

좀 더 손쉬운 방법으로는 압력밥솥에 찹쌀을 넣고 간을 한 팥물을 찹쌀 위에 얹어진 팥이 잠길 정도로 넣어 지으면 된다. 단맛에 적당히 소금간이 밴 찰밥이 완성되어 뜸을 들이고 나면 차진 맛이 더해져서 별다른 반찬이 없이도 입안에 쩍쩍 달라붙는다.

하룻밤이 지나고 찹쌀의 찰기가 더해진 찰밥을 나물과 함께 먹으면 일 년치 건강을 보장받은 거나 다름없다.

"내 새끼들 무탈하게 해주세요."

주름지고 굽은 손으로 조상님께 치성으로 내드렸던 할머니의 음식.

이제는 내가 사랑하는 사람들을 위해 할머니의 따뜻한 맛을 정성껏 담아 음식을 한다.

사랑하는 사람이 내 음식을 먹으면서, 함께 내 마음을 먹으면서 행복하면 좋겠다. 그런 모습을 떠올리며 음식을 할 수 있어서, 행복할 수 있어서 오히려 감사하게 된다.

그렇게라도 내 마음을 줄 수 있음에 감사한다.

우리집 찰밥

주재료 찹쌀 4C, 팥(잡곡) 2C, 밤 10~15알. 소금 1T, 설탕 2T

1. 찹쌀은 씻어서 한 시간 이상 불린다.
2. 팥은 물을 1리터 이상 넣고 삶는다.(팥물을 넉넉히 해서 밥물로 쓴다.) 팥이 설익었다 싶을 정도로 삶는다.
3. 불린 찹쌀을 건져서 팥과 밤을 넣고 팥물에다 설탕과 소금으로 간을 한다.
4. 전기압력 밥솥에서 잡곡 모드로 취사한다.

누구도 넘볼 수 없는, 엄마표 치킨

온 국민을 열광의 도가니에 몰아넣었던 월드컵 시즌. 축제 분위기를 한껏 돋웠던 것은 목이 터져라 응원하면서 먹던 시원한 맥주와 갓 튀겨낸 따끈 바삭한 치킨이었다. 치킨은 언제 먹어도 맛있지만, 흥이 돋는 순간에는 그 매력을 한껏 뽐낸다.

게다가 우리나라 팀의 경기가 있는 날, 치킨 집은 그야말로 불이 난다. 미리 여유있게 주문을 하지 않으면 경기가 다 끝나고 나서야 맛볼 수 있다.

그때마다 우리 아들이 종종 말했다.

"엄마도 치킨을 만들어 팔아 봐. 엄마표 치킨은 대박이 날 거야!"

"이 녀석아, 엄마 고생시키고 싶은 게냐?"

웃어 넘기지만 한편으로 나는 우쭐한 기분이 들었다.

아이들에게 엄마가 해주는 음식 중에서 베스트 음식을 꼽으라면 엄마표 치킨이 꼭 들어 있다.

고등학생이 된 아들은 치킨 한 마리쯤은 혼자 거뜬히 해치운다. 매일 먹어도 질리지 않는다는 치킨은 어릴 적부터 지금까지 아들이 가장 좋아하는 간식이자 야식이다. 그 덕에 한동안 불어난 몸무게가 걱정스러울 때도 있었다.

세 아이가 유난히 좋아하는 터라 깨끗한 기름으로 건강하게 먹이겠다는 일념으로 어릴 적부터 치킨을 만들었다. 그 맛에 길이 들여진 세 아이들에게 최고의 치킨이다. 체험학습을 갈 때면 김밥은 안 먹어도 되니 치킨만 싸달라고 주문하기도 했다.

세 아이 중 누구의 친구들이 집에 놀러 오는 날이나 야외로 나들이를 가는 날이면 치킨은 빠지지 않았다. 그래서 세 아이 친구들 사이에서도 우리집 치킨은 인기 만점이었다.

체험학습 날이 돌아오면 돈을 내고 사 먹겠다는 친구들이 있을 정도였다. 그러면 아이들은 자신들은 늘 먹어서 대단한 줄 몰랐던 엄마의 요리 실력에 으쓱해진다고 했다. 매번 친구들의 환호와 반응에 은근히 더 기분이 좋았던 것 같다. 그렇다고 해서 내가 만든 치킨이 특별한 비법이나 재료가 들어가는 것은 아니다. 다만 번거로운 와중에도 준비해서 보내는 정성 때문일 것이다. 또는 대부분은 사 먹는 치킨을 집에서 만드니 조금은 색다른 맛이 느껴졌기 때문일 것이다.

조금만 몸과 마음을 쓰면 그다지 어렵지 않는 일이다. 음식을 만드는 일이 내게는 즐거움을 준다.

손질된 닭봉을 소금과 후추로 밑간을 한 다음 우유에 재워 둔다. 한두 시간 후쯤 건져낸다. 양파, 사과, 마늘에 매실청을 넣고 갈아준다. 밑간 된 닭봉에 튀김가루, 마늘가루, 카레가루를 넣고 과일과 매실을 간 물로 농도를 맞춰가며 양념에 버무린다. 노오란 카레로 튀김옷을 예쁘게 입혀서 재운다.

하룻밤 재웠다가 튀길 때는 소금의 양을 적게 하고, 바로 튀겨먹을 때는 소금의 양을 조금 더 늘린다. 튀김기에 넣고 치킨을 노릇하게 튀겨내면 된다.

실컷 먹으라고 많은 양을 준비해서 다 튀겨내려면 꼭두새벽에 일어나야 했다.

튀김기에다 기름을 붓고 양념해서 재워둔 치킨을 넣고 튀긴다. 치킨이 먹기 좋은 색으로 익으면 기름종이 위에 건져내고 튀기기를 반복한다. 그러면 아침부터 맛있는 기름 냄새가 진동한다. 준비한 치킨을 다 튀겨내고 나면 머리카락이며 옷에 온통 기름 냄새가 밴다. 두어 번을 씻어야 그 냄새가 겨우 없어질 정도다.

기름 냄새 덕분에 잠자는 아이들을 일일이 깨우지 않아도 되었다. 졸린 눈을 비벼가면서도 맛있게 먹는다. 막 튀겨내 겉이 바삭하고 뜨거운 치킨 한 조각이면 다른 무엇도 필요 없을 것 같은 표정이다.

친구들 중에 치킨을 싸오는 경우도 드물고, 식어도 맛있어서 인기가 최고였다. 나누어 먹으라며 넉넉히 싸줘도 줄을 서는 친구들을 다 감당할 수는 없지만 제 몫까지 후하게 인심을 쓰고 온다. 돌아오면 엄마가 남겨둔 치킨이 기다리고 있다는 것을 알고 아까워하지 않는다. 두 딸도 마찬가지였다. 매번 엄마의 치킨을 친구들과 나누어 먹는 특별한 기쁨을 누렸다.

아이들이 아주 어릴 때부터 치킨을 만들어 먹이다 보니 꼭 필요한 것이 튀김기였다. 프라이팬보다는 튀김기에 튀겨야 양념도 타지 않고 잘 익는다. 그 덕분에 아이들이 자라는 동안 몇 개의 튀김기를 버리고 새로 사기도 했다. 지금 남아 있는 튀김기가 가장 오랫동안 견디고 있는 것 같다. 집에서 튀김기를 쓰는 횟수가 그만큼 줄어든 것이다. 튀김기 안에서 익어가는 치킨은 냄새가 어찌나 많이 나는지 이웃집 동생이 냄새를 맡고 찾아 올 정도였다.

튀겨내자마자 먹으면 그 맛이 당연히 좋을 수밖에 없지만 식어서 먹어도 비린내도 없고 맛있다. 그 비결은 카레가루에 있다. 카레가루의 강한 향과 맛이 닭에서 나는 특유의 비린내와 잡냄새를 다 없애준다. 집안에 밴 카레가루의 냄새는 다음날까지도 남아 있을 정도이다.

이른 아침 튀김기에서 기름이 끓는 소리를 들으며 창밖을 내다보고 있으면 덜 깬 잠이 다시 몰려오기도 했다.

어떤 음식을 하더라도, 하물며 물을 끓이더라도 따뜻한 기운이 집안에 감돈다. 따뜻한 기운이 감도는 이른 아침의 부엌이 좋다. 할머니가 당신의 부엌을 그토록 애지중지했던 것처럼 나의 부엌이 완전하게 내가 소유할 수 있는 유일한 것이라서 더 좋다.

그런 나의 부엌에서 만들어낸 많은 음식 중에서 아들이 기억하는 엄마의 치킨은 어떤 이야기가 있는지 궁금해진다.

요즘은 아이들 모두 제각각이라 집에서 음식을 만들어 함께 먹는 시간이 예전 같지 않다. 게다가 내가 아프고 난 뒤로는 손이 많이 가는 음식을 하는 횟수도 현저히 줄었다. 그래도 가끔 아이들이 엄마 음식을 먹고 싶다고 하면 힘을 내서 하기도 한다. 때로는 아이들이 원하지도 않는 음식을 혼자 만들고 싶어진다. 음식을 하는 순간의 즐거움을 느끼고 싶은 간절함이 솟아날 때가 있다. 마음을 담아 주고 싶은 사람에게 음식을 해주었던 내 자신이 그리워지는 것이다.

엄마표 프라이드치킨

주재료 닭봉 500g, 닭날개 500g, 우유 1L, 소금 1/2T, 후추 약간, 매실청 1/2C, 양파 1개, 마늘 10알, 카레 1/2봉지, 튀김가루 1C.

1. 닭봉과 닭날개를 씻어서 물기를 뺀다.
2. 1에 소금, 후추로 밑간을 한 다음 우유에 한 시간 정도 담갔다가 건져낸다.
3. 매실청에 양파, 마늘을 갈아서 반죽물로 쓴다.
4. 밑간된 닭봉과 닭날개에 카레가루, 튀김가루를 넣고 반죽물로 농도 조절해가면서 튀김 반죽을 한다.
5. 180도로 예열된 튀김기에서 7~8분 정도 튀긴다.(닭봉 크기에 따라 시간 조절)

양념치킨

주재료 닭봉 1kg, 생강술 3T, 소금, 후추, 녹말가루, 다진 마늘 2T, 양파 다짐 1/2개

양념소스 케첩 1/2C, 물 60cc, 설탕 3T, 꿀 2T, 우스터소스 2T, 고추장 1T, 고춧가루 1t, 정종 2T

1. 닭봉을 생강술, 소금, 후추에 30분 재운 다음 마른 녹말가루를 입힌다.

2. 약불에 7분 튀겨 놓는다.

3. 팬에 오일을 둘러서 마늘, 양파다짐을 넣고 익힌다.

4. 만들어 놓은 양념소스를 넣어 약간 졸인 후 튀겨 놓은 닭봉과 땅콩다짐을 넣어 버무려 준다.

닭봉 튀김

주재료 닭봉 12~15개, 간장 5T, 정종 2T, 설탕 5T, 다진 마늘 1T, 생강 1T

1. 닭봉에 간장, 정종, 설탕, 마늘, 생강을 넣어서 40분 재운다.

2. 마른 전분을 묻혀서 중불에서 7분 튀긴다.

닭다리 튀김 샐러드

주재료 닭허벅지살 4쪽, 양상추 1/2통, 전분, 녹말, 간장 1T, 생강술 2T, 후추 약간

양념소스 간장 1과 1/2T, 식초 2T, 설탕 2와 1/2T, 물 1T, 파 다짐 2T, 생강 1/2T, 홍고추 다짐 1T, 풋고추 다짐 1T(씨 없이), 참기름 1과 1/2T.

1. 닭다리를 뼈만 발라내서 펼쳐 놓는다.

2. 양상추를 채 썰어 얼음물에 담갔다 뺀다.

3. 손질한 닭다리를 간장, 생강술, 후추에 20분 재운 후 전분을 살짝

묻힌 다음 불린 녹말을 입혀 중불에서 노릇하게 튀긴다.(생강술: 생강과 청주를 1:1 비율로 섞어서 하룻밤 지난 후에 술만 따라서 쓴다.)
4. 튀긴 닭을 잘라서 양념소스를 뿌려 양상추와 함께 먹는다.

변화무쌍 단골손님, 멸치 밑반찬

매일 밥상 위에 자리를 차지하고 있는 반찬중 하나가 바로 칼슘의 왕 멸치볶음이다. 없어도 그만인 것 같은 멸치볶음이 막상 없으면 또 서운해서 항상 만든다.

멸치를 회로 먹었던 적이 있다. 은빛이 반짝거리는 멸치가 좁은 어항 안에서 빠른 속도로 다니는 모습을 보면서 과연 잡히기나 할까 의아했었다.

횟집 주인아저씨는 뜰채를 가져와 멸치를 몇 마리 건져내어 식탁 위에 올려주셨다. 파닥파닥 몸부림을 하고 있는 멸치도, 그 모습을 바라보고 있던 나도 어찌할 바를 모르고 있었다. 옆에서 맛있다고 먹어보라는데 선뜻 손이 가지 않아서 파닥거리던 멸치가 지쳐서 잠잠해질 때까지 기다렸다. 잠든 것처럼 조용해진 멸치를 초고추장에 찍어 깻잎에 싸서 먹어 보았다. 비린내는 나지 않을까, 입안에서 파닥거리면 얼른 뱉어야 되나 별의별 생각이 다 들었다. 그런데 웬걸! 너무 고소하고 맛있었다. 씹으면 씹을수록 비린내는커녕 수박껍질 향이 나는 것 같았다. 바다에서 물살을 가르던 작고 여린 멸치의 뼈가 단단하게 씹히는 것이 내 뼈도 튼튼해질 것 같았다. 그렇게 처음으로 멸치 회를 먹어 봤던 기억이 말려진 멸치를 볼 때마다 생각이 났다.

멸치는 색만 봐도 얼마나 좋은지, 잘 말려졌는지 알 수 있다.

너무 짜지도, 싱겁지도 않아야 맛있다.

이곳 남해안은 멸치가 풍년이다. 멸치는 3월부터 11월이 제철이라 사실 일 년 내내 제철인 셈이다. 멸치가 많이 잡히는 남해바닷가 쪽으로 가면 멸치쌈밥을 파는 곳이 있어서 맛있게 먹었던 기억도 난다.

봄이면 방앗잎이 들어간 정어리 쌈밥을 동네 식당에 가서 먹고는 하는데 처음에는 정어리도 멸치인 줄 알았다. 칼슘이 풍부한 건 비슷하지만 엄연히 다른 종이다.

칼슘의 왕인 멸치는 아이들에게 꼭 필요한 반찬이다. 매일 먹는 멸치볶음을 고추장 양념이나 간장 양념에 번갈아 가면서 볶아준다.

평소에 견과류를 잘 먹지 않는 아이들을 위해 일부러 멸치볶음에 아몬드 슬라이스를 넣어 달짝지근하게 볶는다. 매운 꽈리고추를 넣어 색다른 변화를 주기도 한다. 매일 밥상 위에 오르는 밑반찬도 가끔은 변화를 줘야 손이 간다.

멸치볶음은 오래두면 맛이 없어진다. 제때 조금씩 자주 해먹어야 무엇이든 맛있게 먹을 수 있다. 먹고 남은 멸치볶음은 신 김치를 씻어 물기를 꼭 짜서 송송 썰어 넣고 간장과 참기름을 넣어 주먹밥을 만들어 먹인다.

멸치 아몬드 볶음

주재료 멸치(지리멸) 150g, 아몬드 100g,
양념장 맛간장 1T, 설탕 1T, 포도씨오일 2T, 고추기름 1T, 꿀 2T, 생강즙 1t

1. 멸치를 전자레인지에 1분 30초 돌리거나 또는 프라이팬에 살짝 볶는다.
2. 아몬드는 강불에 1분 볶는다.
3. 팬에 맛간장, 설탕, 포도씨오일, 고추기름, 꿀을 넣고 끓인 후 멸치와 아몬드를 넣고 볶는다.
4. 생강즙으로 마무리한다.

멸치 무조림

주재료 무 1kg, 멸치 30g, 간장 7T, 참치액젓 1T, 설탕 3T, 다진 마늘 1T,

참기름 2T, 고춧가루 4T, 물 300cc

1. 무를 끓는 물에 데친다.
2. 멸치는 머리와 내장을 제거하고 전자레인지에 1분 돌려준다.
3. 냄비에 멸치를 깔고 그 위에 무를 올린다.
4. 간장, 참치액젓, 설탕, 마늘, 참기름을 넣는다.
5. 고춧가루, 물을 넣고 강불에서 끓이다 끓어오르면 중불로 30분 졸인다.

뜨거운 그리움, 순두부찌개

우리 아이들은 집을 떠나 멀리 있을 때, 엄마가 보고 싶을 때, 엄마의 음식도 함께 그리울 것이다. 엄마가 보고 싶다며 전화로 울먹이는 작은딸의 목소리를 들은 날은 같이 먹지도 못할 음식을 만들며 애잔한 마음을 달래보기도 했다.

작은딸이 좋아하는 순두부찌개를 팔팔 끓여서 돌솥에 지은 뜨거운 밥을 곁들여 먹여주고 싶은 마음이 간절하다. 그러면 엄마 품이 그리워 외롭던 마음이 따뜻한 맛으로 사그라들 것이다.

엄마가 끓여주던 순두부찌개가 먹고 싶어서 식당에 가면 매번 후회만 남긴단다. 괜히 엄마 생각만 더 난다는 말에 목이 메고 눈시울이 젖는다. 어리기만 하던 아이들이 철이 들었다 느끼는 때가 있다면 바로 그런 순간들일 것이다. 집 떠나 보니 몸 고생 마음고생이라는 것을 피부로 직접 느낄 터다. 어딜 가나 엄마가 해주었던 음식에 반에 반도 못 미치는 음식을 어쩔 수 없이 먹어야 할 때, 그동안 자신이 얼마나 행복한 사람이었는지를 익숙함에 속아 잊고 있었다고 했다. 그때마다 엄마가 더 보고 싶어진다고 했다. 그 말에 온몸이 뜨거워진다. 그 뜨거움이 우리의 사랑이다. 그 뜨거움으로 사랑하는 아이들을 위해 언제나 뜨거운 음식을 한다.

작은딸은 급기야 손수 순두부찌개에 직접 도전했다. 처음 끓였을 때는 간이 너무 짜게 되고, 많은 양을 끓이는 바람에 채 다 먹지도 못하고 버렸다. 그러더니 두 번째부터는 제법 잘 끓여서 아주 맛있게 먹었다. 지금도 작은딸이 집에 오면 기다렸다는 듯이 "순두부찌개는 우리 작은 딸이 끓여줘야 맛있더라"며 미루기도 한다. 엄마의 손맛을 배워가는 딸을 보며 언제 저렇게도 커버렸을까 싶다. 나를 엄마라고 부르는 아이들이 있어서 내가 부르지 못했던 '엄마'라는 아픈 이름도 잊고 살 수 있다.

딸과 둘이서 순두부찌개를 끓인다. 세상에 둘도 없이 맛있는 엄마의 순두부를 먹여야겠다. 내 몸이 허락하는 날까지 우리 아이들에게 엄마의 맛있는 음식을 기억하게 해줄 것이다. 집에 돌아와 대문을 열기도 전에 나는 맛있는 냄새에 미소를 지을 수 있도록.

순두부찌개

주재료 물 1C, 바지락 100g, 순두부 1봉지, 청홍고추 다짐 1t, 대파 1/2대, 계란, 팽이버섯

순두부 양념장 포도씨오일 5T, 매운 고춧가루 60g, 다진 마늘 5T, 중국스프 12g, 소금 2T, 국간장 5T, 다시다 3T, 정종 3T, 후추 1t

1. 팬에 양념소스 재료를 넣고 되직하게 볶는다.(남은 소스는 냉장보관해서 쓴다.)
2. 뚝배기에 물, 바지락을 넣고, 끓으면 순두부를 넣고 찌개 양념장 1T를 넣어 끓이면서 간 조절을 한다.
3. 마지막에 청홍고추, 대파를 넣고 한소끔 끓으면 계란, 팽이버섯을 고명으로 얹어서 먹는다.

추억의 도시락반찬, 검은콩장과 계란말이

누구에게나 치과의 첫 경험은 두려움으로 기억될 것이다.

큰딸은 다섯 살때 처음으로 치과에 갔다. 그때의 공포와 불안은 말로 다 할 수 없었다. 게다가 움직이면 안 된다며 불안에 떨고 있던 아이 몸을 억지로 고정을 시켰다. 그 순간 놀란 아이가 펄펄 뛰며 우는 바람에 치과는 아수라장이 되었다. 몇 번의 시도 끝에 겨우 진정시킨 후 치료할 수 있었다.

큰딸은 유난히 단 것을 좋아해서 치과를 자주 들락거렸다. 이가 약해진 아이에게 단단한 음식을 먹이면 도움이 될 것 같았다. 그래서 밑반찬으로 콩자반을 자주 해주었는데 잘 먹지를 않았다. 생각 끝에 쥐눈이콩을 씻어 물에 불렸다가 볶아서 매일 먹게 했다. 작고 고소하니 곧잘 먹었다. 간식으로 먹을 수 있게 콩을 볶아 주머니에 넣어주고는 했다. 한번은 아이의 초등학교 1학년 담임선생님께서 연락을 주셨다.

"아이가 주머니에다 뭘 넣어가지고 다니면서 친구들과 나눠 먹기에 군것질한다고 혼내려다 뭔가 봤더니 검은콩이더라고요. 콩을 주머니에 넣고 다니며 먹는 아이는 처음 봤어요."하셨다. 그 모습이 참 예쁘더라는 말씀도 함께.

그때보다 훨씬 커버린 딸의 손에는 여전히 달짝지근하고 예쁜 사탕과 젤리가 들려 있고, 엄마는 검은콩으로 반찬을 만들어 먹이는 중이다.

또 하나 반찬으로 빠질 수 없는 것이 계란말이다. 우유와 함께 완전식품인 계란이 단백질의 보고인 것은 누구나 아는 사실이다. 가끔 계란말이에 치즈를 듬뿍 넣어 만들어 먹으면 별것 아니지만 참으로 맛나다. 계란말이는 쉬우면서도 맛까지 좋아 늘 사랑받는 메뉴이다.

가장 기본인 반찬들은 특별한 레시피 없이도 몇 번의 과정을 거치고 나면 조리법이 저절로 몸에 밴다. 그럼에도 같은 음식이지만 만들 때 마다 조금씩 달라진다. 고유의 맛은 크게 변하지 않지만 말이다. 손쉽고 흔한 계란말이 역시 아이들 입맛에 맞게 만들어 놓으면 없어서는 안 될 반찬이 된다.

직접 만들어 먹이고 싶지만 그럴 수 없을 때, 엄마의 맛이 그리울 때 만들어 먹었으면 하는 바람이다. 사랑하는 누군가에게 음식을 만들어 먹이는 따뜻한 마음이 있으면 살아가는 날들이 외롭지 않을 것이다.

검은콩장

주재료 서리태 200g, 물 4C, 참기름, 통깨
양념장 맛간장 100cc, 흑설탕 40g, 물엿 40g

1. 서리태를 씻어서 물에 4시간 불린다.
2. 냄비에 불린 서리태를 넣고 물 4C이 반으로 줄어들 때까지 끓인다.
3. 맛간장과 흑설탕을 넣고 졸인 다음 물엿을 넣고 불을 끈다.
4. 참기름, 통깨로 마무리한다.

계란말이

주재료 계란 4개, 스팸 3T, 쪽파 3T, 깨 1T, 우유 2T, 고춧가루 1/4t, 국간장 1/2t, 소금 1/2t

1. 계란을 풀어서 채에 거른다.
2. 스팸, 쪽파를 다진다.
3. 깨, 우유, 고춧가루, 국간장, 소금을 섞어서 계란말이를 만든다.

바다내음을 고스란히 간직한, 파래무침

단골 밥집에 갔더니 주인 아주머니께서 파래무침을 넘치게 내어주시며 반갑게 맞아 주신다. 따뜻함이 묻어나는 사람의 인심이 있어 타인과의 삶이 한데 어우러지고 이어져 간다.

어디에서든 밥상 위에 놓여진 김치와 파래무침이 맛있으면 유독 마음에 든다. 그 두 가지만으로도 주인장의 음식 솜씨를 판단하는 것은 나만의 취향이다.

음식 이야기를 할 때마다 할머니 이야기를 안 꺼낼 수가 없다. 할머니의 음식을 먹고 살아온 날들이 그만큼 내게 특별하기 때문이다.

할머니는 내가 좋아하는 음식은 빼놓지 않고 해주셨는데 김부각과 파래무침을 특히나 자주 해주셨다. 할머니가 마늘을 갈아 넣고 끓인 찹쌀 풀을 김에 겹쳐서 바르면 나는 그 위에 깨를 솔솔 뿌렸다. 햇볕 좋은 날 잘 말려서 겨우내 기름에 튀겨 먹으면 반찬으로도 간식으로도 더할 나위 없이 좋다.

부각은 만들어 먹기가 힘들어 사 먹기도 하지만 파래무침은 쉽게 구해서 쉽게 만들어 먹을 수 있다. 바다의 냄새가 밴 파래에서는 짙은 굴 냄새도 나고, 미역 냄새도 난다. 가느다란 매생이가 바닷물 속에서 너울거릴 때, 그보다 더 크고 어른스러운 파래가 바다의 냄새를 더 많이 머금고 있는 것은 당연한 일이다.

파래를 먹을 때마다 깊은 바다의 이끼 낀 바위 위에 뿌리내리고 쉼 없이 너울거리는 모습을 생각한다.

파래무침

주재료 파래자반 60~70g

양념장 맛간장 4T, 마요네즈 2T, 청홍고추 1/2 다짐, 다진 마늘 1T, 참기름 2T, 통깨

1. 파래자반을 전자레인지에 1분 돌린다.
2. 양념장 재료를 분량 대로 넣고 만든다.
3. 파래에 양념장을 넣고 잘 버무려 준다.

크리스마스의 추억, 초코칩쿠키

해마다 12월이 되면 한 해의 마지막을 보내는 아쉬움이 추운 날씨와 함께 쓸쓸함을 더한다. 사람들은 크리스마스의 축제 분위기를 즐기면서 깊어가는 쓸쓸함을 위로 받는다.

크리스마스가 돌아오면 어설프게나마 트리를 만들어 반짝이는 전구와 별을 달아놓고 막연한 꿈같은 동화를 상상했다. 그러다가 가끔씩 "동생아, 우리는 불교를 믿는데 무슨 크리스마스냐!"하며 어깃장을 놓는 오빠에게도 어설픈 크리스마스 카드를 전했다. '오빠! 메리 크리스마스! 건강하고 행복하기를 바랄게'라고 쓰면서 나의 행복도 함께 바랐다.

산타 할아버지가 루돌프를 타고 오지 않는다는 것도, 울지 않아도 선물을 주러 오지 않는다는 것도 너무 잘 알고 있었다. 설령 그 모든 환상이 사실이라 해도 최소한 나한테는 오지 않을 것이라 생각했다. 하지만 신나는 캐롤과 반짝이는 트리를 보면서 들뜬 분위기를 즐길 수 있는 것만으로 좋았다.

그 즈음이 되면 마당을 서성이며 산타 할아버지보다는 아버지를 기다렸다.

어느 해에는 작은 몸이 휘청거릴 정도로 겨울바람이 세게 불었다. 계단 끝에 서 있다 바람 탓이었는지 몸의 중심을 잃었는지 손에 들려 있던 인형과 함께 아래로 나동그라졌다. 다행히 커다랗고 폭신한 인형 때문에 많이 다치지는 않았지만 할머니는 몹시 놀라서 달려 나오셨다.

"지 애비 기다린다고……."

치마 끝을 잡아당겨 눈물을 찍어내며 속상해하시던 모습이 아직도 선명하다.

엄마도 아빠도 곁에 없었지만 어린 시절은 행복했다. 남들보다 좋은 것을 입히고, 먹이고, 무엇보다 엄마를 대신해 온 마음 다해 사랑해 주신 할머니가 있어서 행복할 수 있었다.

할머니가 속상해 하시며 난리법석을 피우시는 바람에 별것도 아닌 일이 큰 일이 되었다. 다음 날 아버지가 한걸음에 달려오셨다. 그날도 아버지는 늘 사오시던 종합선물세트를 잊지 않으셨다. 매번 오빠와 함께 골목대장 놀이를 하던 나에게 어울리지도 않는 바비인형이 함께 들어 있었다. 누이면 속눈썹이 깜빡이며 눈이 감기는 인형은 정말 예쁜 데다 신기하기까지 했다. 아버지는 선머슴 같던 왈가닥 딸이 그 인형처럼 마냥 예쁘기를 바라셨을 것이다. 나 역시도 두 딸이 어릴 적에 바비인형을 안겨 주었다. 내 어릴 적 향수가 남아 있어서였다.

조금 더 커서 어여쁜 딸의 모습을 못 보여드린 아쉬움은 산타클로스를 대신했던 아버지에 대한 그리움과 함께 남아 있다.

아버지가 매번 사다 주시는 종합선물세트를 오빠와 하나씩 꿰차고 있으면 부자가 된 기분이 들었다. 가끔 오빠가 내 것을 몰래 먹기라도 하면 할머니에게 당장 일러바치기도 했다. 지금 생각하면 유치하지만 소중한 추억이다.

해마다 돌아오는 크리스마스에는 우리의 산타클로스였던 아버지를 기다리는 일이 가장 즐겁고 신나는 일이었다. 크리스마스의 환상 같은 것은 없었지만 나름의 낭만이 있었다. 어느덧 엄마가 된 나는 아이들에게 크리스마스의 환상을 조금이나마 누리게 하고 싶었다. 그 아이들에게는 엄마인 내가 언제나 곁에 있으니까. 저절로 산타클로스가 없다는 것을 알게 될 때까지는 동화 같은 크리스마스 이야기를 들려주고 싶었다.

어린 시절 아버지가 사다주신 종합선물세트 안에 들어있던 나의 크리스마스의 추억을 우리 아이들에게도 나눠주고 싶었다. 그래서 무엇인가를 같이 할 수 있는 나이가 되었을 때부터 크리스마스에는 함께 쿠키와 빵을 만들었다. 오븐에 닭을 통째로 넣어 구워 먹기도 하면서 우리 나름대로의 크리스마스 분위기를 즐겼다.

찬바람이 문틈으로 배어들 사이도 없이 과자가 구워지는 열기에 따뜻해졌다. 언제나 아궁이에서 장작불이 타고 있던 따뜻한 할머니의 부엌, 아버지가 좋아하시던 다디단 연양갱, 종합선물세트 안의 많은 과자와 색색이 고왔던 사탕. 모두 내가 기억하는 크리스마스의 추억이다.

커져버린 아이들은 각자 바쁘게 보내느라 어릴 적처럼 함께 모여 쿠키 만들기를 못하게 되었다. 내 할 일이 덜어지긴 했지만 오히려 지난 그 시간들이 그립다.

지난해에는 아픈 엄마 곁에서 병간호를 하느라 병실에서 크리스마스를 맞았다. 한창 즐거운 시간을 보내야 할 아이들이 덩달아 의기소침해지는 건 아닐까 미안했다. 앞으로도 함께 보낼 날들이 점점 줄어들기만 할 것이라 아쉽다. 그래도 매해 크리스마스에 함께 했던 날들이 있어서 다행이다. 들뜬 분위기 속에서 즐거웠던 시간들을 떠올리는 것만으로도 크리스마스의 따뜻함을 잊지 않을 것이다.

산타클로스에 대한 환상보다는 아버지를 볼 수 있었던 추운 겨울이 따뜻했다. 꺼내 물면 입안에서 단내를 풍기며 녹아내리던 아버지가 사다 주신 종합선물세트 안의 빨간 사탕처럼 잊지 못할 그날들이 내게 녹아내려 있다.

그 순간의 달콤함과 그 순간의 따뜻함을 기억하고 추억할 수 있어서 행복하다.

우리 아이들도 엄마가 남겨준 소중한 시간들을 기억하고 추억하기를 바라며 막내아들이 제일 좋아하는 초코칩쿠키를 만들었다. 그 아이들의 아이들에게도 할머니가 된 내가 함께 할 수 있는 시간이 있기를 바라며.

그리 멀지 않은 날 내 딸도 자신의 딸과 나란히 앉아 쿠키를 굽고, 재잘거리는 모습을 보며 웃고 있을 것이다. 나를 떠올리며 우리의 지난 이야기를 아이에게 들려주겠지.

그 모습을 생각해 보는 것만으로도 쿠키를 굽던 오븐의 뜨거운 온도만큼, 아니 그보다 더 가슴이 뜨거워진다.

초코칩쿠키

주재료　버터 50g, 쇼트닝(크리스코사 제품) 20g, 설탕 20g, 황설탕 20g, 계란 1개, 바닐라에센스 1t, 박력분 140g, 베이킹소다 1/2t, 소금 1/2t

1. 버터와 쇼트닝을 중탕으로 녹인다.
2. 볼에다 설탕 20, 황설탕, 계란, 바닐라에센스를 넣고 섞는다.
3. 박력분은 체에 3번 내린다.
4. 베이킹소다, 소금을 고무주걱으로 섞는다.
5. 초코칩을 넣어 섞는다.
6. 오븐 밧드에 1T씩 동그랗게 모양 만들어 올린 후 180도 오븐에서

12~14분 굽는다.

마들렌

주재료 달걀 4개, 설탕 150g, 꿀 1T, 밀가루 180g(체에 1번 내림), 버터 200g, 가루 바닐라에센스 1/2t, 베이킹파우더 1t, 소금 1/4t

1. 밀가루를 1번 체에 내린다.
2. 볼에다 달걀, 설탕, 꿀을 부드러운 크림상태가 될 때까지 5분 이상 휘핑한다.
3. 가루 바닐라 에센스, 밀가루, 소금, 버터를 순서대로 넣어 섞는 후에 하루 동안 냉장 보관한다.
4. 하루 지난 마들렌 반죽을 틀에 넣어 175도 오븐에 15분 굽는다.

달콤한 행복 한 조각, 사과파이

병원 정기검진이 있는 날이었다. 오전 검진이 그나마 덜 힘든데 이번 검사는 오후 늦은 시간에 하기로 되어 있었다.

전날 밤부터 오후까지 이어진 금식으로 물도 못 마시고 보내는 시간은 힘들었다. 겨우 검진을 끝내고 나니 시간이 너무 많이 지난 탓인지 배가 고픈 것도 잊어버렸다. 다만 무엇으로든 기운을 차릴 수 있게 해야 했다. 근처에서 나는 달콤한 냄새에 이끌려 빵집으로 들어갔다. 지친 몸으로 빵집으로 들어선 내 눈에 들어온 것은 사과파이였다.

어느 해 겨울, 그해 겨울의 마지막 날과 새해를 맞이하는 첫날 감기몸살로 무척이나 아팠다. 그때 며칠이나 앓아 누워 있으면서 입맛도 잃고 끼니는 죽으로 해결했다.

작은딸이 집에 돌아와 있을 때라 곁에서 간호를 해주었다. 죽을 사 들고 온 딸의 손에 사과파이가 함께 들려 있었다. 사과를 좋아하는 엄마가 사과파이도 좋아할 것 같아서 입맛 없으니 먹어보라며 건넸다.

모래알을 삼킨 것처럼 입안이 까끌까끌해서 입맛도 도통 없을 때라 어떤 음식에도 선뜻 손이 가지 않았다. 그러던 차에 엄마 걱정하는 딸의 마음을 생각해서 한쪽으로 밀어놨던 사과파이를 한 입 먹어보았다. 달짝지근한 사과파이를 먹으니 왠지 생기가 도는 것 같았다. 사과의 단맛에 몸이 가벼워지는 것 같았다.

사과파이의 단맛이 채 가시기도 전에 '왜 새해부터 아프고 그러냐 아프지 마라'는 말에 기운을 내야만 했다. 자리를 털고 일어나 딸과 함께 사과파이를 만들었다. 누군가에게 먹이고 싶어서 음식을 만드는 일은 내게 행복 그 자체이다.

사과는 복숭아와 함께 제일 좋아하는 과일이다. 항상 준비되어 있는 사과가 있으니 특별한 재료는 필요 없었다. 사과를 졸여 놓고, 파이용 반죽을 하는 일에 손이 많이 가고 힘들었지만 딸아이가 맛있게 먹어줄 것을 생각하니 오히려 힘이 났다.

완성된 사과파이를 차와 함께 마시니 달고 부드러운 맛이 한 층 더 도드라져 나무랄 데 없었다. 졸여진 사과의 단맛이 파이의 결마다 흘러나와 단맛이 더해졌다. 오븐에서 뜨겁게 구워진 파이의 바깥쪽은 부드러운 비스킷처럼 부서져서 녹아내린다.

첫 시도 만에 꽤 성공적으로 만든 것 같아 사과파이를 좋아하는 사람에게 맛 보이고 싶어서 하나씩 예쁘게 포장했다. 입맛이 까다로워 어떨까 걱정했는데 환상적이라는 말에 얼마나 기분이 좋았는지 모른다.

병원 검진을 위해 꼬박 하루를 금식하고 나서 몸과 마음이 지쳤을 때 사과파이를 집어든 것은 그때의 그 행복이 다시 나를 찾아와주기를 바라는 마음 때문이었다.

어느 새 어둑해진 밖은 불빛들이 하나둘씩 내려앉아 도시의 마른 밤을 밝히고 있었다.

불빛을 향해 느리게 걸으며 코트 주머니에 시린 손을 넣었다. 주머니 속에 있던 마저 다 먹지 못하고 남긴 사과 파이를 꼭 붙잡아 보았다.

꼭 붙잡고 싶은 지난날들처럼……

사과파이

쉽고 간단한 백종원 요리법을 참고로 해서 만들었다.

주재료 사과 4개, 물 2컵, 레몬즙 75g, 황설탕 300g, 시나몬 가루 3g

파이 재료 중력분 150g, 황설탕 80g, 달걀 1개, 우유 65g, 소금 2g, 베이킹 파우더 8g, 버터 40g(파이 만들기가 쉽지 않은 경우, 냉동생지를 사서 쓰면 간단하고 편리하다.)

1. 사과를 깎아서 원하는 크기로 자른 후 다른 재료들과 함께 불에

30~40분 졸인다.

2. 단맛이 배면 불을 끄고 식혀 둔다. 파이용으로 중력분 밀가루를 준비한다.

3. 큰 볼에 소금, 설탕, 달걀, 우유를 넣고 설탕이 녹을 때 저은 후에 녹인 버터를 넣고 찬물 반죽을 한다.

4. 반죽이 완성되면 비닐에 싸서 1시간 동안 발효한다.

5. 발효된 반죽을 꺼내서 밀대로 밀어 크기대로 자른 후 졸인 사과를 넣어 길쭉한 파이 모양으로 만든다.

6. 완성된 파이를 밧드에 하나씩 올려 180도 오븐에 넣어 30분간 구워준다.

7. 원형 용기를 사용할 경우는 용기 안쪽에 버터를 골고루 바른 후 사과조림을 넣고 파이로 모양을 내서 덮어준 다음 오븐에 넣는다.

완벽한 조화를 꿈꾸며, 소고기 채끝살 구이

햇살 좋던 어느 날 오후 카페테라스에 앉아 뜨거운 커피가 다 식도록 날카로운 마음을 누그러뜨리느라 여념이 없었다.

째는 듯 소리를 내는 사람들의 말은 테라스를 떠받들고 있는 쇠창살에 부딪혀 튕겨 나가고 있었다. 시끄럽게 뱉어내고 있는 무질서하고 무의미한 단어들의 소용돌이 속으로 억지로 몰아넣는 것 같았다.

끊임없이 전쟁하듯 떠들어대는 사람들의 소란이 뒤돌아 앉은 내 등에 부딪혀 흩어진다.

소란의 소용돌이에서 나를 끄집고 나온 것은 큰딸의 호출이었다.

"엄마, 어디야?"

엄마를 찾는 걸 보니 또 뭔가 필요한 모양이었다.

"왜? 커피 마시고 있었어."

"엄마, 나 육전 먹고 싶어!"

"갑자기?"

"응! 원래 먹고 싶은 건 갑자기 먹고 싶어져."

딸의 몇 마디 말에 커피 잔에 담았던 망상을 재빨리 밀어내고 일어났다.

갑자기 내린 비를 우산 대신 온몸으로 맞으며 사람들의 소란에서 도망치듯 집으로 왔다.

얇게 썰려진 고기에 밑간을 하고 달걀옷을 입히고, 달궈진 팬에 익혔다.

채 식기도 전에 얼른 입에 넣었다.

"아! 역시 엄마가 만든 건 뭐든 맛있다."

그렇게 후다닥 육전을 한 접시 먹이고 나니 비에 젖었던 몸이 노곤해져 깜박 잠이 들어버렸다. 얼마나 지났을까 잠에서 깨보니 집안은 쥐죽은 듯 조용했다.

그사이 큰딸은 다시 외출해버리고, 둘째 딸과 막내아들이 돌아올 시간이 되고 있었다.

다시 육전을 만들어 먹이려고 주섬주섬 냉장고를 뒤졌다.

'아니! 아무리 뒤지고 뒤져도 아까 남겨놓은 고기가 없네. 거참 요상하네.'

혹시나 해서 큰딸에게 전화를 걸었다.

"엄마, 아까 고기 남은 거 내가 갖고 나왔어. 혼자 자취하는 친구 주려고.”

“동생들 해주려고 남겨놓은 건데, 여태 찾았잖아. 말이라도 하고 가야지.”

“엄마, 미안 사랑해.”

뭐라고 대꾸 할 겨를도 없이 전화는 끊겼다.

이전에도 가끔씩 돈가스 재운 거며 밑반찬을 챙겨 혼자 사는 친구에게 가져다주던 터라 그 마음이 이쁘다 했었다.

‘그래, 누구라도 맛있게 먹으면 된 거지.’

냉면을 먹을 때면 꼭 육전을 같이 먹어줘야 맛도 영양도 완벽해진다고 했던 말이 생각났다. 그 말이 목에 올가미처럼 걸려서 묶여 있는 것 같았다. 목 아래에는 냉면이 명치 아래에는 육전이 그렇게 묶여 있는 것 같았다. 그 시간에 묶여 있는 것처럼.

‘육전 말고 다른 메뉴를 해야겠다.’

채끝살을 구웠다. 채끝살 구이는 부위가 달라진 것과 약간의 재료가 달라진 것 말고는 별다른 차이를 못 느낄 수도 있다. 고기에 참기름을 넣어 밑간을 하고, 달걀옷 대신 찹쌀가루를 입히는 것이 조금 달려졌을 뿐이다. 하지만 그 조금의 차이가 아주 큰 맛의 차이를 가져왔다.

육전보다 두꺼운 채끝살에 입힌 참기름은 고소하고 부드러운 맛을 더해주었다.

달걀옷 대신 입힌 찹쌀가루는 씹을수록 입안에 밴 육즙에 찰기를 더해서 눅진하고 무게감 있게 제맛을 낼 수 있도록 했다.

참기름과 찹쌀가루의 조합으로 다소 느끼해지지 않을까 했던 우려는 금방 달아났다.

야채와 채썬 배에 곁들인 홍고추를 새콤달콤한 소스에 버무려놓으니 몇 접시는 거뜬히 먹어 치울 수 있었다. 고기와 야채가 조화와 균형을 이뤄 제대로 맛을 냈다.

'육전에 냉면을 먹었던 시간이 그리워서 목에 올가미가 걸린 것 같았을까?'

그때는 서로 완벽한 조화와 균형을 이루고 있었다고, 그보다 더 완벽한 조화는 없었다고 생각했다. 다만 어느 순간부터 너무 많은 마음의 무게가 한쪽으로 치우치기 시작하면서 나는 균형을 잃어갔다. 그때마다 불안한 마음은 울퉁불퉁한 비포장도로를 달음박질치는 것처럼 날카롭게 솟아올라 스스로를 찔러댔다. 나의 불안 밖으로 뛰어나가 조금만 참아내면 매끈한 아스팔트가 나올 줄 알았다. 그러나 한참의 시간이 지나도록 맨발로 가시밭길을 달리고 있었다. 팽팽하게 잡아당기다 저절로 끊어질 때까지 유지하고 싶었던 균형은 그렇게 깨져버렸다. 마음을 갖고도 더 많이 갖고 싶어서 욕심을 부린 탓으로 애초에 내 것이 아니었던 것처럼 잃어버렸다.

그때의 육전과 냉면이 그랬던 것처럼 채끝살과 야채도 완벽한 조화와 균형을 이루었다.

세상에 가장 완벽한 것은 동그란 원이라고 했다.

커다랗고 동그란 원형의 접시 문양에서 만다라를 보았다. 질서정연하게 빙 둘러진 고기와 한가운데 얹어진 새콤한 야채는 보기에도 완벽한 조화와 균형을 이루고 있었다.

시간을 달려 그때 그 시간으로 돌아간다면 욕심을 부리지 않고, 균형을 잃지 않을 자신이 있을까? 뾰족하고 날카롭던 마음이 닳고 닳아서 매끈해지면 동그란 원이 될 수도 있을까?

모래 위에 복잡 미묘한 원형의 만다라 문양을 새기면 완성되기도 전에 거센 모래바람이 불어와 흔적조차 남기지 않아 찾을 수 없게 된다. 하지만 새겼던 날들의 기억만 있으면 된다.

어쩌면 삶은 지워질지라도 모래 위에 시간 위에 새기고 싶었던 만다라 같은 것일지도 모른다. 그때 그 시간도 지금 이 순간도 모두 과거가 되고 말 테니까.

카페테라스에서 못다했던 상념에 빠져 있는 동안 아이들은 채끝살 구이가 담긴 접시를 아주 깨끗하게 비워냈다.

"엄마, 오늘도 엄마의 맛은 완벽했어! 사랑해!"

몸이 떨리고 가슴이 뜨거워졌다.

사랑한다는 말. 당신이 내게 했던 사랑한다는 그 말.

그럴 때마다 가슴은 뭉클해서 째질 듯이 뜨거워지고, 뼈에서는 터질 듯이 갈라지는 소리가 난다. ─『십이월의 아카시아』에서

소고기 채끝살 구이

주재료 소고기 채끝 or 등심 300~600g, 곁들임 야채 300g(부추, 배다짐, 홍고추 1개, 깻잎, 참나물 등 기호대로)

야채 양념소스 고춧가루 1T, 통깨 2T, 배즙 4T, 하인즈식초 1T, 다진 마늘 1t, 액젓 2T

1. 소고기를 참기름, 소금, 후추로 밑간 후에 찹쌀가루를 묻힌다.
2. 팬을 달군 후 밑간된 소고기를 앞뒤로 굽는다.

3. 손질한 야채를 먹기 좋은 크기로 썬 다음 양념소스에 버무린다.
4. 큰 접시 가운데 양념한 야채를 놓고, 구운 소고기를 모양대로 얹어 놓는다.

불고기 채소말이

주재료 불고기용 소고기, 야채는 고기 양에 맞춰 기호대로 준비(피망, 팽이, 양파, 파프리카)

초간장소스 간장 1T, 식초 1T, 설탕 1/2t, 레몬즙 약간

1. 소고기를 데친다.
2. 준비한 야채를 채썰어 데친 소고기에 돌돌만다.
3. 접시에 보기 좋게 담아 초간장 소스에 찍어 먹는다.

제2장

그 계절이 오면

봄

봄날의 사쿠라 향에 나를 담아 보내며

돌아오는 봄마다 그대에게
봄날의 향과 맛과 멋을
봄날의 차에 나누어 보냅니다.

고운 사쿠라 향기에
당신의 마음에도 한없이 고운 마음이 일어
봄날의 향 같던 미소로
봄날의 차를 마시며 웃어주세요.

봄꽃이 지기 전에 나에게로 돌아와
못다 한 지난 이야기를
봄날의 차와 향이 다 닳을 때까지 들어주세요.

두 가지 향의 봄, 냉이 된장국과 쑥 된장국

냉이 된장국

냉이에서는 겨울의 검은 흙냄새와 마른 풀냄새가 같이 난다. 마른 땅 아래 어둠 속에서 검은 흙에 조금 남은 물기를 겨우 나눠 마시고 길고 긴 겨울을 살아왔다.

어두운 땅 깊은 곳에서 나름의 생명력으로 그렇게 오기를 기다렸다. 봄날이 어서 와서 얼었던 땅이 녹아 흙더미가 부드러워지면 고개를 내밀어 따스한 공기에 자신의 향기를 뿌려 놓을 것이다.

그 향기에 취해 겨울이 채 다 가기도 전에 땅에 딱 들러붙은 냉이를 바구니 가득 골라 담는다. 검은 흙을 떨쳐내고 나면 한결 홀가분한 몸이 된 냉이는 다시 새롭게 태어난 기분으로 너른 봄의 들판으로 달려 나가고 싶어질까.

냉이가 시들해지기 전에 단내가 나는 육수를 펄펄 끓이다 살이 통통하게 오른 조갯살을 넣는다. 조갯살을 넣은 국물이 뽀얗게 우러난다. 된장을 풀어 넣으니 구수한 냄새가 부엌을 가득 채운다. 거기에 냉이를 넣으면 냉이의 향긋함에 한입 먹고 싶어져서 입술이 저절로 움찔거려진다. 육수 안의 냉이는 초록 빛깔 이파리가 선명해진 만큼 향도 더 깊고 짙어진다.

얼어버린 겨울의 땅에서 견뎌낸 단단한 냉이 뿌리는 산삼 뿌리 못지않아 나른한 봄날의 졸음을 저 멀리 힘껏 밀어내 본다.

쑥 된장국

봄 햇살에 차가운 기운보다 따스한 기운이 더 많이 느껴지기 시작하면, 식탁은 겨울을 견뎌내고 자라난 보약 같은 풀들로 가득 채워진다. 봄이 되면 산과 들로 달려 나가고 싶어진다.

온 산과 들을 쏘다니며 보드란 손에 쑥물이 들 때까지 쑥을 해가 지는 줄도 모른다. 찬 이슬이 맺힌 풀잎에 치맛자락이 쑥 향기처럼 옅게 젖어드는 줄도 모른다.

시린 계절을 견뎌낸 그것들의 마음이란 시린 계절을 견뎌낸 사람과 같아서 안으로 삭힌 고통을 짙은 향기로 뿜어낸다. 그래서 겨울을 지나온 나물들은 유난히 향이 깊고 진하다. 못다한 자신의 이야기와 계절을 견뎌온 아픔에 대하여 이야기하는 것이다. 들어줄 이 하나 없어도 아픔을 내놓은 자신만의 방식으로 사람이 그랬듯이. 쑥이 약재로도 많이 쓰이는 이유가 그런 이유와도 무관하지 않을 것이다.

땅 속 깊이 뿌리를 감추고 살아온 냉이에게서는 단단히 버틸 수 있는 힘을 얻었다면 쑥에게서는 어린잎의 유연함을 얻는다. 그 유연함은 계절을 돌아가면서 단단하게 자라난 줄기에 다닥다닥 작고 단단한 꽃을 피워내기도 한다.

같은 시간을 견뎌왔음에도 쑥은 힘을 아끼고 아껴서 세상에 나올 이파리를 위해 전부 내놓았다. 얼고 마른 땅에서 뿌리를 뻗어 독하게 버텨낸 것이 냉이라면, 쑥은 이파리가 봄바람이 살랑거릴 때마다 함께 살랑거릴 줄 아는 온화함이 있다.

시린 계절을 살아온 쑥을 냉이처럼 뜨겁게 끓여보면 안다. 뜨거운 육수에 닿자마자 힘없이 드러누워 버린다. 저항하지 않는 어린 쑥의 부드러움과 배려를 알 수 있다. 한 계절에 두 마음을 건네준다. 입안에서도 마찬가지다. 그렇다고 된장에게 제 향기를 다 뺏기지는 않는다. 쑥은 이내 부드럽게 사그라들지만 입천장 끝에 매달려 목구멍을 간질이는 향기를 남긴다. 시간이 지나도 사그라들지 않았던 마음처럼 시간이 지나도 봄날의 어린 순의 향기는 한참을 사그라들지를 모른다. 오히려 더 깊어지고 짙어졌다.

봄날 먹은 쑥의 어린 순이 몸을 따뜻하게 해주고 나면, 봄볕의 따사로움이 온몸을 감싼다. 계절의 시작을 알리는 봄날이 내게도 새로운 시작이 되어줄 것이다.

냉이(봄동) 된장국

주재료　냉이 400g, 육수 7C(기본 육수), 조갯살 1C, 된장 50g, 국간장 1T, 고춧가루 1t, 양파 1/4개, 대파 50g, 다진 마늘 1t, 청양고추 2개, 생강즙 1/2t(냉이 된장국은 생략가능)

1.　냉이(봄동)는 칼집 넣어 반으로 먹기 좋게 자른다.
2.　파는 다져놓는다.
3.　손질한 냉이를 된장, 국간장, 고춧가루, 양파, 다진 대파에 조물조물 버무렸다가 육수를 붓고 조갯살을 넣어 15분 끓인다.
4.　다진 마늘, 청양고추를 넣고 5분 더 끓인다.
5.　냉이 대신 봄동을 넣을 때는 마지막에 생강즙을 넣어서 끓인다.

쑥 된장국

주재료　쑥 400~500g, 육수 7C(기본 육수), 된장 50g, 국간장 1T, 양파 1/4개, 대파 다짐 50g, 다진 마늘 1t, 청양고추 2개,

1.　육수에 된장, 국간장, 양파, 대파를 넣고 15분 정도 끓인다.
2.　다진 마늘, 청양고추를 넣고 5분 더 끓인다.
3.　마지막에 쑥을 넣어 한소끔 끓여낸다.

톡 쏘는 향기의 맛, 취나물

봄나물들은 유독 향이 강하다. 혹한의 시간 동안 견딤의 방식을 강한 향을 내뿜으며 그들의 언어로 끊임없이 이야기하는 것이다. 그렇게 봄의 기다림을 향한 겨울의 아픔을 밖으로 내놓는 것이다.

취나물을 한껏 뜯어내다 보면 손끝이 손톱이 초록으로 물들어 버린다. 초록의 풀냄새는 작은 손바닥 주름 사이에 얼룩처럼 남아서 검게 변해 제 빛을 잃고 나서야 사라져 갔다.

이름마저 취나물인 것은 그 향기와 맛에 취하지 않고는 도저히 못 배겨내서 그런 것이리라. 누구라도 봄날에 취하듯이 그 향기와 맛에 실컷 취해봐도 좋을 것이다.

뜨거운 물에 삶아내면 더 강해지는 취나물의 향은 코를 박고 냄새를 더 가까이에서 맡고 싶게 한다. 줄기가 물러지지 않게 물에 약간의 소금을 넣고 삶아내서 물기를 꼭 짜낸다. 이렇게 향기가 강한 봄나물을 맛있게 길들일 때는, 오랫동안 푹 삭아서 짠기가 느슨해진 조선간장이 있으면 그만이다. 그럴 때마다 할머니 집 뒤꼍에 커다란 항아리에 들어 있던 잘 익은 간장이 절실해진다. 그거 하나면 어떤 음식이든 맛나게 맛을 살릴 수 있다. 조선간장의 간이 취나물에 배면 갓 짜온 참기름을 둘러서 다시 한 번 더 버무려준다. 나물을 조몰락거리는 손의 온기가 간이 잘 배게 한다.

코끝을 톡 쏘는 취나물의 사나운 맛을 참기름이 한결 다소곳하게 누른다. 깨소금을 솔솔 뿌린 나물을 입에 넣고 오물거려 보면 참기름 안에 갇혀 있던 취나물의 서걱거림과 톡 쏘는 향기가 다시 살아난다. 그 향기가 씹힐 때마다 봄날의 바람의 맛을 함께 들였다 내놓았다를 반복한다. 취나물의 향긋함은 잊고 있던 지난 봄날의 기운을 가져다준다. 봄날의 나물은 흡사 봄날의 꽃향기가 난다.

취나물을 무치던 손에 봄날의 향기와 맛과 멋이 흠뻑 배어 취해버렸다.

봄날 하얀 벚꽃향이 은근한 차를 마시며 하얗게 웃고 있던 당신 모습에 흠뻑 취해버렸던 어느 날처럼.

취나물 된장무침

주재료 취나물 400g, 소금 2T,

된장양념 된장 2T, 고추장 1T, 다진 마늘 1T, 참기름 1T, 깨소금 2T, 설탕 2t

1. 물이 끓으면 소금을 넣고 취나물를 질긴 부분부터 담가서 숨이 죽을 정도(약 3분)로 살짝만 데쳐서 건져낸다.
2. 찬물에 살살 흔들어가며 헹궈서 물기를 꼭 짠다.
3. 된장양념으로 잘 무쳐낸다.

취나물 간장무침

주재료 취나물 400g, 소금 2T

간장양념 국간장 1T, 진간장 1T, 다진 마늘 1T, 다진 대파 1과 1/2T, 참기름 2T, 청홍고추, 깨소금

1. 물이 끓으면 소금을 넣고 취나물을 질긴 부분부터 담가서 숨이 죽을 정도(약 3분)로 살짝만 데쳐서 건져낸다.
2. 찬물에 살살 흔들어가며 헹궈서 물기를 꼭 짠다.
3. 간장양념으로 잘 무친다.(기호에 따라 청양고추 다짐 첨가)

갯벌 속의 보석, 조개탕과 재첩국

조개탕

계절이 바뀔 때마다 제철 음식을 식탁 위에 올려놓는 일이 자연의 섭리를 따르는 일처럼 느껴진다. 남해안의 바람은 누구보다 먼저 먼 데서부터 오는 계절을 빠르게 데려다준다. 따스한 바람이 바다 위를 훑고 갯벌을 지나오면서 잠들어 있던 생명을 어루만져 깨워준다.

땅에 묻혀서 겨울을 지나온 봄나물들처럼 갯벌에 묻혀서 겨울을 지내온 바지락도 길고 지루한 잠에서 깨어날 때가 되었음을 알게 된다. 질펀하고 시커먼 펄 속에서 있는 힘을 다해 한 계절 동안 한바탕 씨름을 하고 나면 야무지게 단단해져 있다. 나무에서 열매가 무르익어 가듯이 무르익어 갔다.

자연이건 사람이건 견딤의 시간을 통해 조금 더 깊어지고 조금 더 익어간다.

그래서인지 딱딱한 껍질 안에서 겨울을 견뎌온 조개는 어느 때보다 실하고 야무지게 꽉 차오르는 조갯살을 품고 있다.

찬바람이 채 다 가시기 전에도 봄을 알리는 모든 것들은 성급하게 서둘러 세상에 나온다. 그즈음이면 거의 매일 이른 아침 시장에 나가는 것이 일상이 된다.

싱싱한 조개를 바닷물과 함께 검정 봉지에 담아서 돌아오기를 반복하던 어느 날은 아주머니께서 물으신다. 한꺼번에 사다가 냉장보관 해놓고 먹어도 되는데 번거롭게 매일 시장에 나오느냐고. 아픈 사람이라도 있어서 지극정성인 줄 알았다고. 그 말에 내일 또 오겠다며 그냥 웃고 만다. 비린내 나는 시장 골목을 발이 젖지 않게 하려고 조심스레 발꿈치를 들고 빠져나온다. 맛있는 조개가 담긴 검정 비닐봉지를 들고 집에 오는 길은 명품 가방을 들고 누비는 기분 못지않게 우쭐하고 든든하다.

물이 끓으면 해감한 조개를 넣는다. 어느 때보다 뽀얗고 하얀 속살을 품고 있던 껍질은 굳게 닫았던 입을 열어 진한 국물을 내어준다. 타우린이 많은 조개에 칼슘과 비타민A, C를 보충해주는 초록의 부추를 함께 넣어주면 맛을 더해주고 음식의 궁합도 서로 잘 맞는다. 뽀얀 조개 국물에는 바다의 짭조름한 맛과 봄의 상큼함이 함께 들어있다. 봄바람의 단맛도 스쳐지나간다. 단단하게 여문 조갯살은 씹을수록 탱탱함을 더한다.

나는 봄이라는 계절을 그다지 좋아하지는 않지만 봄철 음식은 그 누구 못지않게 좋아한다.

재첩국

지리산 자락 아래를 흐르는 섬진강의 얼었던 물이 녹기 시작하면 강과 함께 살아가던 사람들은 기다렸다는 듯이 가슴까지 올라오는 긴 장화를 신고 어기적거리며 강바닥으로 들어간다. 이른 아침부터 어둑하게 해질녘까지 한참을 강바닥에 납작 엎드려 있다. 가끔 뻣뻣해진 허리를 펴고 하늘을 올려다 본다.

그리고는 다시 쉴 새 없이 강바닥으로부터 끄집어낸다.

옅은 강바닥은 무엇을 내어주었을까?

재첩! 작고 까만 재첩이다. 봄에만 먹을 수 있는 섬진강 재첩은 영양가도 풍부하고 맛도 좋아서 한 번쯤 먹어 본 사람이면 누구라도 좋아한다.

섬진강 물줄기가 닿아있는 순천에 와서 살면서 재첩을 처음으로 먹어 보았다. 재첩 회와 재첩국, 재첩 수제비 등으로 이곳에서 재첩의 은근한 매력을 골고루 맛볼 수 있었다.

벚꽃이 거의 다 떨어져 흰 눈처럼 날리고 있을 무렵 지리산 쌍계사를 다니러 갔다가 산속에서 차가운 약수를 한 바가지 마시고 재첩국과 재첩 회를 먹고 돌아왔다.

비 오는 어느 날 우산을 받쳐 들고 골목길을 따라 생전 처음 가보는 허름한 식당에서 재첩 비빔밥을 먹고 돌아왔던 날도 있었다. 비에 젖지 않게 우산을 씌워주는 사람의 따스함은 재첩비빔밥에 또 하나의 특별한 양념이 되었다.

작은 재첩을 삶아서 일일이 알맹이를 발라 내어주는 정성과 노고가 한 그릇의 값으로 지불한 돈으로는 한참 모자랄 것 같았다.

지리산 자락에 걸쳐 있던 봄의 정령이 섬진강 아래로 내려와 냉정하게 흐르던 물의 흐름이 부드럽고 온화해지면 그 기운을 먹이 삼아 강바닥의 재첩도 여물어 간다.

재첩들이 여물어 가는 섬진강 바닥에서 살아 숨 쉬는 생명도 덩달아 주렁주렁 매달려 따라 나온다. 누군가의 손길로 강바닥에서 건져내진 재첩은 사람에게 봄의 맛을 선물로 주고 싶어 했다.

조개와 마찬가지로 재첩도 부추와 음식 궁합이 잘 맞는다.

곱고 뽀얀 흰 빛으로 국물을 끓여내서 부추를 썰어 넣고, 청홍고추를 재첩 크기만큼이나 자잘하게 썰어 넣는다. 함께 먹으면 섬진강의 물줄기마저 다 마실 것 같은 호기로운 마음이 든다. 입안에서는 검고 자잘한 재첩이 씹힐 때마다 섬진강 바닥의 모래알이 발 아래에서 바스라지며 나던 버슬버슬한 소리가 난다.

그 소리와 맛이 입안에서 다 사라지고 나서야 봄을 맞이한 섬진강의 따스함이 온몸에 가득 차오르는 것 같다.

조개탕

주재료 육수(다시마물) 5C, 조개 500g, 청홍고추, 다진 마늘 1T, 천일염, 대파 or 쪽파

1. 다시마 육수에 해감한 조개를 넣거나 조갯살, 마늘을 넣고 끓인다.
2. 소금으로 간을 한 다음 쪽파를 넣어 먹는다.

재첩국

주재료 재첩, 청홍고추, 부추, 쪽파

1. 조개탕과 같은 방법으로 끓여서 먹으면 된다.
2. 재첩을 구하기가 어려울 때는 밀폐 포장된 섬진강 재첩을 사용한다.
3. 재첩과 뽀얀 육수가 함께 들어 있는 재첩국을 다시 끓여서 고추, 쪽파, 부추 등을 넣어 먹으면 된다.
   ex) 재첩 수제비, 재첩 칼국수, 재첩 회무침 등으로 다양하게 이용할 수 있다.

재첩 회무침

무침 양념 고추장 100g, 고춧가루 1T, 다진 마늘 1T, 물엿 2T, 식초 4T,
참기름 4T, 통깨 1T

진득한 뿌리내림의 미학, 달래무침

달래, 냉이, 씀바귀나물. 혹한의 긴 겨울을 지낸 봄나물들이 겨울처럼 얼어붙었던 입맛에 따뜻한 온기를 돋아준다. 그중에서도 달래는 들판이나 밭둑의 햇볕이 잘 드는 곳이라면 어디에서도 잘 자란다. 땅속에서 하얀 알뿌리를 키워가며 겨울을 나고 봄이 되면 줄기를 땅 위로 올려 보낸다.

야생에서 자라는 달래는 풀이 나기 전에 자라고 풀이 자라나면 말라버린다. 다른 풀들에게 양보하고 사는 법을 알게 한다. 달래는 봄이면 어느 풀보다 빨리 자라나고 제가 있던 자리를 떠나지 않는 성질도 갖고 있다. 그래서 줄기가 약해지기도 하지만 몇 년이고 자기가 있던 땅을 바꾸지 않는다. 땅에 뿌리를 내리고 그 자리에서 머무르고자 하는 것은 살아있는 모든 것들의 본능과 같은 것이다.

누구의 눈에도 띄지 않고 자라고, 이내 시들어버리고 마는 달래를 보면서 나는 뿌리가 없어서 이방인으로 살아왔는지 모르겠다는 생각이 들었다.

달래는 모양이나 향이 마치 크기만 작은 양파 같다. 향이 강하면서도 냉이와도 썩 잘 어울린다. 달래는 다른 풀들과 조화롭게 사는 법을 안다. 그 작고 여린 풀에게서 사람의 세상살이를 배운다.

줄기가 자라나기 시작하면 알뿌리와 함께 뽑아내서 새콤달콤하게 무쳐서 먹는다. 달래를 맛간장(내가 만들어 쓰는 맛간장은 모든 음식에 들어가는 기본이 된다.)에다 고춧가루와 참기름을 넣어 무친다. 갓 지은 뜨거운 밥에 달래무침을 얹어서 쓱싹쓱싹 비비면 밥 한 그릇은 순식간에 비울 수 있다. 간장의 달콤한 맛과 작은 알뿌리가 함께 씹히면서 덩어리째 숨겨져 있던 땅의 숨이 톡 터져 나와 온기가 된다. 파보다는 조금 약한 매운맛은 오히려 매력적인 단맛으로 느껴진다.

밥에 비벼 먹고 남은 달래무침은 삼겹살을 구워 함께 먹으면 더없이 조화롭게 맛있다. 파채를 따로 준비할 필요가 없다. 깔끔한 뒷맛이 고기와 맛있게 어우러진다.

그렇게 달래를 먹고 나면 오랫동안 한 곳에 뿌리 내리고 살았던 땅의 기운을 함께 먹은 것 같다. 겨울을 지나 봄을 향해가며 뿌리를 키우던 두 계절의 기운을 함께 먹었으니 움츠렸던 겨울을 벗어던질 수 있는 힘이 생겼을 것이다.

달래무침

주재료 달래 50g,

양념 맛간장 1T, 고춧가루 1/2T, 참기름 1T, 통깨 1T

여름에
보랏빛 도라지 꽃차와 붉은 노을빛 장미꽃차를 찻잔에 띄워 마시며

푸른 물빛이 나는 도라지꽃처럼
웃음은 푸른 물빛처럼 반짝였지.

마른 풀잎 냄새가 나는 도라지꽃처럼
향기는 마른 풀잎처럼 풍겨났지.

붉은 노을빛이 나는 장미꽃처럼
웃음은 붉은 노을빛처럼 반짝였지.

젖은 이슬 냄새가 나는 장미꽃처럼
향기는 젖은 이슬처럼 풍겨났지.

너는 나의 푸른 물빛을 사랑했지.
나는 너의 붉은 노을빛을 사랑했지.

나는 푸른 물빛 웃음으로 반짝이며
너를 푸른 물빛으로 물들였지.

너는 붉은 장밋빛 웃음으로 반짝이며
나를 붉은 노을빛으로 물들였지.

나는 늘 푸른 물빛 바다를 보고 싶다 했었지.
너는 늘 붉게 물든 저녁노을을 보여주었지.

여름밤 더위를 날리는, 열무국수

더운 여름날, 해가 채 지기도 전에 이른 저녁식사를 끝내고 나면 잠들 무렵 은근한 허기가 느껴진다. 야식의 유혹을 견뎌내기가 쉽지 않다. 열대야의 더위를 물리치려고 찬물에 샤워를 해보지만, 갈증과 허기는 쉽게 가라앉지 않는다.

그럴 때 냉장고를 열어 열무김치를 꺼낸다. 여름철 우리집 냉장고에는 열무김치가 떨어지는 날이 없다. 어느 날은 채 익지도 않은 열무김치가, 또 어떤 날은 시큼한 냄새가 침을 고이게 하는 신 열무김치가.

야식 메뉴로 열무김치로 만든 국수만큼 제격인 것이 또 있을까.

국수를 삶을 물이 끓을 동안 열무김치를 고춧가루, 청양고추, 다진 마늘, 참기름으로 버무린다. 국수를 삶아 얼음물에 씻어 체에 받쳤다가 물기가 빠지면 국수를 그릇에 담는다. 아무리 늦은 밤 야식이지만 대충 먹을 수 없어 식탁을 꾸며본다. 그때쯤 밑간이 적당히 배어든 열무를 국수위에 얹어 내놓는다. 먹기 직전에 얼음을 부숴 넣은 열무김치 국물을 국수가 담긴 면기에 붓는다.

늦은 밤 열무김치와 어우러지는 참기름의 향기는 오던 잠도 몰아낸다.

아삭하게 씹히는 열무가 얼음 조각보다 더 서걱거린다. 서걱거리며 씹히는 소리가 창문 아래에서 잠 못 들고 울어대던 고양이에게 들릴 것만 같다.

시원한 국물을 들이키면 얼음조각 덕에 시원해진 열무와 매콤한 양념이 한데 어우러져서 없던 잠도 다 달아날 것 같다. 열대야는 어느새 잊히고 만다. 참기름의 고소함과 매콤한 단내가 더운 공기에 섞여 집안을 떠돌며 진동을 한다. 그 냄새가 다 가시려면 가뜩이나 잠 못 이루는 밤이 더 길게 느껴질 것 같다.

부른 배를 두드리는 아이들의 행복한 포만감이 내 마음에도 말할 수 없는 포만감을 준다. 여름밤의 부푼 배처럼 마음도 부풀어 올라 한껏 여유로워진다.

열무국수

주재료 열무김치 80g, 국수면 250g,

양념 설탕(or 매실청) 2T, 식초 1T, 연겨자 조금, 다진 마늘 1t, 참기름, 통깨, 얼음, 고명용 달걀, 대파 또는 쪽파 다짐

1. 면은 삶아서 얼음물에 씻어 건져낸다.
2. 물기가 빠진 면에 양념(설탕, 식초, 연겨자)을 버무린다.
3. 열무김치에 다진 마늘, 참기름으로 밑간한다.
4. 통깨, 얼음, 달걀, 파다짐, 고추등을 기호대로 첨가해서 먹는다.

가을

익어가는 계절의 붉은 염원이 오미자의 붉은 빛깔처럼 물들어

가을에 붉게 익어가는 열매를 보며
내 마음도 붉게 익어갔다.
손끝에 붉은 물을 들여가며 따다가
돌아오는 다음의 날에는
붉은 열매가 주는 늘큰함을 마셨다.

붉고 투명한 석류알 같은 빛깔이
입안에서 부서지고 삼켜지고 나면
너는 붉은 노을 속으로 사라져 갔다.
나는 너를 내 것처럼 가지고 돌아와
아무 말 없이 붉은 열매를 기다렸다.

그때도 지금도
등 뒤에 남겨진 모습마저
아름답고 싶어서 붉게 물든
나의 붉은 염원.

가을 바다, 가을 새우

봄날의 꽃들이 피고 질 때,
여름의 뜨거운 태양 아래에서,
가을의 단풍이 떨어져 바닥에 나뒹굴 때,
겨울의 흰 눈이 찬바람에 날려 사라질 때
우리는 마주앉아 무엇을 먹었을까.

봄에는 도다리 쑥국을 먹고,
여름에는 육전에다 냉면과 냉콩국수를 먹고,
가을에는 산더덕 구이를 먹고,
겨울에는 뜨거운 장어탕을 먹고,
숯불 앞에 모여앉아 고기를 구워먹기도 했었지.
우리가 아직 채 못 다 먹은 것들과
나누지 못한 이야기가 아직도 많이 남아서

나는 아직도 가슴이 설렌다.

사람들에게는 저마다 영혼을 따뜻하게 했던 날들의 기억이 있다. 나는 따뜻하다는 말을 좋아한다. 그 말이 따뜻해서 좋다. 할머니의 부엌은 따뜻함의 다른 이름이었다.

그곳에서 만들어진 모든 음식들이 나의 영혼을 따뜻하게 해주었다. 그래서 누군가 나에게 영혼을 따뜻하게 해주는 음식은 무엇이냐고 물어보면 딱 꼬집어 말할 수가 없다. 할머니가 만들어 주시던 모든 음식이 영혼을 따뜻하게 해주었기에.

조금 더 커서 내 곁에 아무도 없다고 생각했을 때, 누군가를 만나서 그 사람이 주는 모든 것이 나의 영혼을 따뜻하게 해주었다. 따뜻한 손, 웃음소리, 그 사람 곁에서 바라보는 모든 세상이 나에게는 따뜻함이 되었다. 함께 먹고 마신 모든 음식과 함께 나누었던 이야기가 잃어버린 꿈을 꾸게 해주었다.

가을의 들판과 바다는 일 년 중 가장 풍요롭게 무르익어 간다. 대하, 꽃게, 고등어 등 맛과 영양분이 풍부한 해산물들이 우리가 겨울을 잘 날 수 있도록 도와준다.

어릴 적부터 해산물을 좋아하는 아들이 즐겨먹던 꽃게와 새우는 우리집 밥상에 자주 오르는 음식 재료이다. 새우는 뇌수면에 좋은 글리신, 키토산, 타우린이 많아 이유식 할 때부터 먹였다. 뇌수면에 좋은 글리신 때문인지 모르지만 잠을 얼마나 잘 자던지 아기 때는 키우기가 훨씬 수월했다.

어느 날, 뜻하지도 않게 싱싱한 새우 한 박스를 선물 받았다. 보자마자 새우를 회로 먹고 싶어 하는 아들의 못 말리는 미식가 본능 때문에 머리를 떼어내고, 꼬리만 남겨 껍질을 벗겼다. 기름장과 초고추장에 푹 찍어서 입에 넣으니 새우의 싱싱함이 탱글탱글하게 튀어 오른다. 집에 없는 작은딸 생각에 손질하던 새우 가시가 손끝을 찔러대는 것 같았다. 그럴 때마다 큰딸이 싫어해서 내색도 못한다. 엄마의 표정만 봐도 금세 이유를 알아차리니 등 돌리고 새우만 손질하고 있었다.

두 아이가 새우 회를 먹고 있는 동안 새우튀김을 하려고 준비했다. 그러고도 남을 것 같은 새우는 간장새우를 담으려고 육수를 끓였다. 튀김옷을 입혀 놓은 새우를 끓고 있는 기름 안으로 살며시 밀어 넣었다. 혹시나 아직도 살아서 꿈틀대는 새우가 끓고 있는 기름 안에서 몸부림치면 큰일날 것 같아 조심했다.

노릇하게 익은 새우튀김을 기름에서 건져내자마자 집어든 아들은 뜨겁다며 던지듯이 다시 내려놓았다. 막 튀겨낸 튀김옷이 바사삭 바스라지며 과자 부스러기처럼 떨어졌다. 튀김옷 안에 새우가 뜨거운지 입을 벌리고 뜨거운 김을 입 밖으로 후후 뿜어내면서도 야무지게 잘 베어 먹었다.

팬의 기름이 끓는 소리와 간장육수가 끓는 소리가 같으면서

도 다른 소리를 내고 있었다. 한쪽에서는 옅은 간장 냄새가 한 쪽에서는 기름 냄새가 나면서 선선한 바깥공기까지 따스하게 데워주는 것 같았다. 새우로 배를 채운 아이들의 눈이 웃을 때마다 작아지는 것이 새우 눈을 닮았다.

충분히 먹고 남은 새우는 육수를 식힌 후 부어서 냉장 보관 후, 간장만 따로 끓이고 차게 식혀서 다시 부어주기를 두세 번 반복한다. 간장게장을 담그는 방법과 비슷하다.

새우는 게보다 껍질이 얇아서 간이 빨리 배므로 짜지 않게 주의한다. 오래두고 먹을 경우는 새우 살이 금세 물러지면 맛이 없으므로 빠른 시일 내에 먹거나 간장게장과 마찬가지로 냉동

보관했다가 꺼내 먹는다.

간장새우는 간장게장과 비슷하면서 다른 맛이 난다. 새우머리를 떼어서 게 다리 먹듯이 쪽쪽 빨아 먹으면 머리 끝에서 간장에 절여진 내장 맛이 진득하게 난다. 짭조름한 간장양념이 새우 껍질에 촉촉이 배어들어서 단단하던 껍질은 한결 부드러워지고, 간장색으로 물든 속살도 쉽게 발라진다. 그래서 딱딱한 게장보다는 먹기가 한결 수월하다. 참기름, 쪽파를 넣어 밥에 비벼 먹으면 탱탱한 새우 살이 한입에 쏙 들어가 감칠맛이 난다. 며칠 뒤 간장새우에 간이 배서 작은딸이 집에 오면 먹이려고 냉동실 깊숙이 넣었다. 먹고 나서 새우 눈으로 환하게 웃을 아이를 생각하며.

간단하고 색다른 새우튀김

주재료 새우, 춘권피, 생강술, 소금, 후추, 계란흰자

1. 새우를 손질한 후 생강술, 소금, 후추, 계란흰자에 넣어서 춘권피에 말아서 튀긴다.

겨울
모과차 향기가 뼛속 깊이 스며들어서

우리는 그해 겨울 함께 있었다.

우리는 그해 겨울 함께 모과차를 마셨다.

우리는 그해 겨울 함께 마신 모과차가

우리의 마지막 이라는 것을 몰랐다.

만약 그것이 마지막 이라는 것을 알았다면

그날 나는 모과차를 마시지 않았을 것이다.

내가 모과차 향기처럼

뼛속 깊이 스며든다고 했던

너의 말이

내 뼛속 깊이 스며들어 버렸다.

모과차를 마시고 돌아와

혼자서 아프고 부서지느라

혹한의 시리디 시린 겨울바람이

나를 삼키는 줄도 몰랐다.

나는 그날 이후로 모과차를 마시지 않는다.
이미 뼛속 깊이 스며든 네가
더 깊이 스며들 것 같아서
더 오래 아파질 것 같아서

뜨거운 사랑, 동지팥죽

가족의 안녕과 건강을 염원하는 할머니의 일은 일 년 내내 계속되었다. 할머니는 섣달그믐 동짓날이 되면 어김없이 붉은 팥으로 죽을 쑤었다. 귀신이 싫어한다는 붉은 팥으로 죽을 쑤어 온 집안에 나쁜 기운을 몰아내는 액막이를 한 번도 빠뜨리지 않으셨다.

동짓날이 돌아오면 나는 할머니를 따라 새알심을 빚었다. 하얗게 빚어놓은 찹쌀 새알심은 조그만 사탕처럼 매끄럽고 예뻤다. 우리 손녀 공부 잘하게 해주세요, 안 아프게 해주세요, 키 많이 크게 해주세요. 그 한 알 한 알에다 소원을 빚어 넣으셨다.

밤새도록 가마솥의 팥이 눌어붙지 않게 젓고 계시던 할머니. 그 곁에서 졸린 눈을 비벼가며 졸음을 쫓아내며 앉아 있는 나.

그 순간으로 돌아갈 수 없어서 더욱 그리운 장면이 내 기억 속에 아름다운 한 편의 그림으로 남아있다.

팥죽은 커다란 가마솥 안에서 붉은 방울을 만들었다 터트리기를 반복했다. 하얀 새알심도 동동 떠오르며 맛있게 잘 익어갔다. 할머니는 그렇게 잘 익은 뜨거운 붉은 팥죽이 채 식기도 전에 집안 곳곳을 돌아다니며 흩뿌리셨다. 잘 들리진 않았지만 작은 소리로 무언가 중얼거리시면서. 붉은 팥을 싫어하는 나쁜 귀신을 쫓아내고 있으셨을까?

어느 해 겨울 동짓날 밤은 할머니 집 너른 마당에 소리 없이 새색시처럼 하얀 눈이 검은 밤 위로 한 겹씩 쌓이고 있었다. 문밖에 소복하게 쌓이고 있는 눈의 하얀 냄새가 방 문틈으로 스며들어왔다. 깊은 밤만큼 깊은 잠결에도 그 냄새와 엷은 바람은 오히려 따스하고 포근하게 느껴졌었다.

눈이 그칠 즈음 아무도 지나지 않은 눈 위를 맨 처음 뽀드득 소리를 내며 밟고 오는 사람은 아버지였다. 그렇게 하얀 눈이 비추는 길을 길잡이 삼아 늦은 밤을 걸어오셨던 아버지. 나는 진즉에 잠들어버렸고 그사이 어김없이 아버지가 오시곤 했다. 아버지가 오실 것을 알고 있어서 새알심을 더 열심히 빚었다. 방에 들어가 먼저 자라는 할머니 말에도 졸린 눈을 비벼 가며 밤이 깊어가도록 버티고 있지만 나도 모르게 잠이 들어버리기 일쑤였다.

잠결에도 나는 아버지를 느낄 수 있었다. 아버지가 내 곁에 가까이 오시면 옷깃에 묻어 녹아내린 눈이 방바닥의 열기로 달아오른 내 볼에 닿아 잠에서 깨어났다. 아버지는 내가 깼지 모르고 뜨끈한 아랫목에서 잠을 청했다.

늦은 아침잠에서 깨어나자마자 할머니는 아버지가 좋아하는 음식들로 한 상 가득 차려 내오셨다. 꼭두새벽부터 할머니 손에 물마를 틈이 없었을 터였다.

아버지 손이 제일 먼저 닿은 것은 할머니와 내가 간밤에 애써 만들어놓은 동지팥죽이었다. 아버지는 다 식어서 새알이 약간 굳은 팥죽을 좋아하셨다. 밤사이 눈 쌓인 장독대 항아리에 들어있던 동치미에 살얼음이 끼면, 그 위에 얹어놓았던 팥죽의 야들야들하던 새알심에도 살얼음이 들어앉아 차갑게 굳어진다. 그러면 뭐든 달게 드시던 아버지는 굳어진 붉은 팥죽 위로 하얀 설탕을 산처럼 쌓아 올렸다. 나는 낡고 커다란 대접 안에서 하얀 산을 보았다.

차가운 팥죽 위에서 채 녹지도 못한 설탕이 입안에서 한데 뒤섞이며 서걱서걱 소리를 내면 그 소리가 그렇게 신기하고도 인상적일 수가 없었다.

얼음을 깨물면 입안에서 천둥소리가 날 때가 있는데, 그때 그런 소리가 아버지의 온 얼굴을 뚫고 나오는 것 같았다.

나도 따라 그렇게 한 입 먹어보니 달달한 맛에 절로 웃음이 났었다. 그때는 맛보다는 아버지가 하시는 대로 따라해보고 싶었다.

아버지는 설탕을 드시는 건지 죽을 드시는 건지 알 수 없게 매번 할머니의 붉은 팥죽을 그렇게 드셨다.

내가 어른이 되고 동그란 새알심이 들어간 동지팥죽을 먹게 되는 날이면 그때의 우리 모습들이 떠오른다. 뜨거운 가마솥 앞에 앉아 활활 타오르는 장작불에다 팥죽을 끓이던 할머니, 차갑게 식은 팥죽을 녹지 않은 설탕과 함께 맛있게 드시던 아버지. 그들을 바라보며 웃음 짓던 나.

그 시절에 할머니의 음식은 나에게 사랑을 가르쳐주었다. 지금도 나는 그 사랑을 기억하고 그 사랑은 따뜻한 추억이 되었다.

올해 동짓날에는 할머니가 나중에라도 꼭 빼먹지 말고 먹으라 하셨던 동지팥죽을 못 먹고 지나갔다.

이렇게 갑자기 추워진 겨울날이면 할머니의 부엌 가마솥 안에서 끓고 있던 붉은 팥죽 한 그릇이 간절하다.

대도시 한복판에서 몸도 마음도 갈 곳을 몰라 홀로 우두커니 서 있을 때면 몸보다 마음이 추워진다. 그럴 때마다 더욱 할머니의 염원이 담긴 팥죽이 그립다. 할머니의 말씀처럼 새알 한 알 한 알에다 나의 염원을 담아 이루고 싶어서. 허기지고 차가워진 내 마음을 다시 따뜻하게 해줄 수 있을 것 같아서.

내년 동짓날에는 건강이 허락해준다면 우리 아이들에게 내 염원을 담은 붉은 팥죽을 한 그릇씩 먹이고 싶다. 아버지처럼 차가운 팥죽에 설탕을 가득 부어 서걱거리는 소리를 들으며 먹어보고 싶다.

우리 아이들에게 그날 내가 보았던 하얀 산을 보여주고 싶다.

동지팥죽

동지팥죽의 레시피는 할머니의 손에만 남아있다.

할머니의 손에만 남아있던 음식의 맛을 어떻게 양과 무게를 재야 할지 모르겠다.

내 눈으로 보고 입으로 맛보았던 것으로 기억해낼 뿐이다.

가마솥에서 팥을 삶아내고, 다시 삶아 낸 팥을 으깨서 팥 국물을 끓였다.

찹쌀반죽으로 동그랗게 새알을 만들어서 보글보글 끓어오르던 가마솥으로 하얀 새알심을 던져 넣었다. 가마솥에서 계속 끓이면 팥은 점점 더 깊고 짙은 붉은 빛으로 익는다. 어른이 되어서 내 손으로 팥죽을 딱 한 번 끓여 먹어보고 대부분 사서 먹었다. 그때도 할머니의 어깨 너머 익힌 것을 기억해내며 팥죽을 만들었다. 그때의 그 맛은 아니었지만, 그때의 추억을 소환하기에는 부족함이 없었다.

눈 오는 바다의 비릿한 향이 살아있는, 매생이국

여행을 떠날 때 걱정거리 중 하나가 음식이다. 나는 음식에 까다로운 편은 아니다. 음식이 입에 안 맞으면 빵과 커피로 석 달 열흘은 버틸 수 있으니 별다른 걱정이 없이 떠날 수 있어서 좋다.

큰딸과 처음으로 유럽 여행을 갔을 때, 딸이 음식 때문에 힘들어할까 봐 음식을 트렁크 가득 가져가느라 힘들었던 기억이 있다. 그 이후로는 어디든 사람 사는 곳이니 못 먹을 음식을 주는 것도 아니고, 입에 안 맞더라도 얼마간은 버틸 수 있을 테니 현지에서 해결하는 방법을 찾는다. 음식을 가져가서 여행 중에 고생하는 일은 절대 하지 않는다. 약간의 불편함과 부족함은 여행의 한 부분이기에 감수해야 한다. 그래서 집을 떠나서도 특별한 음식이 애타게 그리워서 힘들었던 적은 거의 없었다. 그랬던 내가 언젠가 한 번은 오랫동안 여행 중이었을 때 유난히 그리웠던 음식이 하나 있었다. 바로 매생이국이었다.

찬바람이 손끝에 느껴지는 겨울이 되면 맛이 한층 더해지는 김, 파래, 물미역, 감태 등의 해조류들이 제맛이다. 그중에서도 매생이를 넣은 음식들은 자주 해먹는 음식이다. 매생이와 굴을 넣어 만든 떡국과 매생이전, 매생이 굴국밥은 겨울철 별미다.

찬 바람에 움츠러든 몸이 속까지 따끈한 국물로 채워지면, 칼바람 추위는 온데간데없다. 속까지 데워주는 뜨끈함이 좋아 추운 겨울에는 매생이국을 자주 끓여 먹는다.

혹한의 추위도 잠시 잊게 했던 눈 덮인 낯선 땅을 황홀경에 빠져 다니느라 몸이 꽁꽁 얼어버리면 매생이가 머리카락처럼 너울지는 뜨끈한 국물이 저절로 생각난다. 매생이의 겨울 바다 향이 우러나온 국물에다 짭조름한 굴을 넣으면 맛과 향이 배가된다. 매생이와 굴이 한데 어우러져 보글보글 끓으면 부엌 유리창에 맺히는 따뜻한 김에서도 겨울 바다 냄새가 난다.

여행에서 돌아오자마자 냉장고에 보관해 두었던 매생이로 국을 끓여 게 눈 감추듯 먹어치웠다. 겨울 매생이에서 나는 비릿한 바닷물 냄새는 몇 번을 씻어도 다 씻기지 않는다. 나는 그 냄새가 좋다. 매생이는 전으로 만들어 먹어도 맛있다. 부침 가루의 쫀득함이 매생이의 맛을 더 배가시킨다.

매생이국

주재료 매생이 한 덩어리, 굴 한 봉지, 청주 1T, 참기름 1T, 기본육수 1L
양념재료 국간장 1T, 참치액젓 1T, 다진 마늘 1/2T, 대파 1대, 청홍고추

1. 굴은 굵은 소금을 풀어서 3번 정도 살살 흔들어 씻으면서 이물질을 제거한다.
2. 남은 굴 비린내를 제거하려면 무를 갈아서 함께 물에 담갔다가 헹궈 준다.
3. 냄비에 매생이를 넣고 청주를 넣어 볶아준다.
4. 알코올이 다 날아가면 참기름을 넣어 볶아준 후에 육수를 붓고 끓인다.
5. 간장과 참치액젓으로 간을 하고 대파와 청홍고추를 넣는다.
6. 매생이의 맛을 제대로 느끼고 싶다면 마늘은 생략해도 된다.
7. 기호에 맞게 밥이나 떡국 떡을 넣어 끓여 먹는다.

낯선 곳에서의 뜨거움, 뱅쇼

보통은 집을 떠나 여행을 하다 보면 원래 있던 곳에서의 모든 일상이 그리워진다. 어떤 때는 낯선 곳을 여행할 때를 그리워하며 그때 먹고 마시고 느꼈던 것들이 생각나기도 한다. 그 기억들이 다시 그곳으로 나를 데려다주었으면 하는 바람으로 다음번 내 발길이 어딘가로 내디뎌질 때를 기약하면서 말이다.

크리스마스 시즌에 유럽을 여행한 적이 있었다. 유럽의 크리스마스는 우리의 큰 명절과도 같아서 어딜 가나 성대하고 화려한 크리스마스 장식들을 볼 수 있다.

곳곳에서 열리는 크리스마스 상점은 축제 분위기를 자아내서 여행자의 마음도 발걸음도 들뜨게 했다.

독일의 한 도시에서 한창 열린 크리스마스 마켓을 구경하느라 정신이 팔려 손발이 시린 줄도 모르고 있을 때였다. 어디선가 낯익은 냄새가 섞인 따뜻한 공기 한줄기가 찬바람 사이를 비집고 코끝에 와 닿았다. 내겐 익숙한 냄새였기에 더욱 반가운 냄새이기도 했다.

겨울이면 유난히 추운 유럽에서 기력회복이나 감기 예방을 위해 포도주에 과일과 계피를 넣어 끓인 뱅쇼라고 불리는 따뜻한 포도주의 냄새였다.

겨울이 아니더라도 사시사철 냉장고에 있는 사과와 귤 자몽 오렌지 등의 과일을 포도주에다 저며 넣고 계피를 함께 넣어 끓여주면 완성된다. 과일과 함께 끓여지면서 단맛도 맛있게 배어나오고 포도주의 알코올은 다 날아가버리기 때문에 취할 염려는 없다.

우리 아이들이 비염이 있어서 겨울에는 차나 음료를 따뜻하게 끓여서 물처럼 마시게 한다. 감기 기운이 있으면 남은 과일과 와인을 활용한 뱅쇼를 자주 끓여 마신다. 아이들은 계피향을 좋아하지 않지만 나는 계피차를 즐겨 마실 정도로 좋아해서 그런지 거부감 없이 뱅쇼도 즐긴다.

뱅쇼를 끓이는 날이면 집안에 계피 특유의 톡 쏘는 향이 진동한다. 집으로 돌아오는 아이들은 문을 열기도 전에 엄마가 무엇을 만들고 있는지 안다고 했다. 계피를 좋아하지는 않아도 집안에 들어오면 더운 열기와 더해진 냄새가 집안의 공기를 따뜻하게 해줘서 좋단다.

그렇게 가끔 집에서 끓여 마시던 뱅쇼를 처음으로 갔던 독일의 어느 낯선 도시 길거리에서 만나게 되니 반가웠다.

여행이 끝나고 집으로 돌아와서도 바람이 차갑게 부는 날은 그날 길거리에서 나던 그 냄새와 느낌들이 생각났다. 차가운 공기에서 풍겨오는 계피 향이 섞인 따뜻한 김이 내 마음을 채워주는 것 같았다.

뱅쇼

주재료 레드 와인 750ml, 각각 과일들(와인에 잠길 정도), 계피스틱 1~2개, 정향, 팔각 조금

1. 레드 와인에 오렌지, 귤, 사과, 자몽 등을 씻어서 슬라이스해서 넣고 끓인다.
2. 시나몬 스틱, 정향, 팔각을 씻어서 넣고 향과 맛이 우러나도록 약불에서 끓인다.
3. 꿀을 타서 따뜻하게 먹는다.(시원하게 먹어도 된다.)
4. 냉장 보관 했다가 먹을 때 데워먹는다.

한겨울 밤의 달콤함, 고구마 맛탕

긴긴 겨울밤이 유난히 지루하고 무료하게 느껴질 때가 있다. 흰 눈이라도 내리면 그 밤이 지루하지 않으련만.

억지로 청해도 오지 않는 잠을 떨치고 일어나 식탁에 앉아 계피차 한 잔을 마시고 있었다. 그 밤 잠 못 드는 것은 나뿐만이 아니었다. 부엌에서 나는 인기척을 들었는지 건넛방 방문이 슬며시 열리더니 막내아들이 배시시 웃으며 걸어 나왔다.

배가 고프다는 아들에게 무엇을 만들어 먹이면 좋을까 생각해 보니 고구마가 있었다. 군고구마를 해 먹고, 고구마튀김을 해먹고, 카레를 만들 때 감자 대신 고구마를 대신 사용하기도 한다.

가장 손쉽고 빠르게 고구마를 먹을 수 있도록 오븐에 넣고 굽기 시작했다. 그러는 동안에 아들이 고구마 맛탕이 먹고 싶다고 했다. 아들의 말이 떨어지기가 무섭게 나는 이미 큰 고구마의 껍질을 벗겨내고 있었다. 고구마와 설탕만 있으면 만들어낼 수 있는 맛탕이지만 너무 달면 싫어한다. 아들 입맛에 맞는 단맛의 조절이 고구마 맛탕의 관건이다. 달지 않게 아들의 입맛에 딱 맞게 완성해내겠다는 일념으로 부산을 떨었다.

고구마를 적당한 크기로 잘라서 물기를 뺀 다음 남아 있는 물기는 종이행주로 제거해야 한다. 팬에 기름을 조금만 넣고 끓어오르면 고구마를 넣고 뒤집어가며 튀기듯 익힌다. 팬에서 시럽이 완성되면 튀긴 고구마를 넣어 잘 섞이게 버무려준다. 검정깨로 마무리해주고 색이나 문양이 짙은 커다란 접시에 담아내면 먹음직스럽게 보인다.

고구마는 우유와 함께 먹으면 음식 궁합이 잘 맞다. 우유 한 컵과 그 사이 오븐에서 잘 익은 고구마도 함께 꺼내 놓는다. 맛탕은 잠시 시간을 두고 겉이 식을 때까지 기다렸다 먹어야 바삭함을 느낄 수 있다.

음식이 완성되면 평가의 시간은 늘 긴장 아닌 긴장의 시간이다. 맛탕이 그저 흔한 고구마로 만들어낸 간식거리 정도가 아니라 좀 더 특별한 요리로 인정받기 위해서는 고구마의 익은 정도와 단맛의 정도가 완벽해야 한다. 고구마 맛탕은 아주 작게 바삭 소리를 냈다. 바삭 소리와 함께 입안에서 뭉개지면서 설탕의 단맛이 아닌 고구마의 단맛이 먼저 느껴졌다. 튀기듯이 익혀낸 고구마에 기름이 스며들고 표면이 코팅되면서 자칫 퍽퍽하게 느껴질 수 있는 고구마를 적당히 부드럽게 해주었다.

맛있게 먹는 모습을 보고 있으면 저절로 불러오는 엄마의 마음을 저 녀석은 알고나 있을까?

우리 아들은 혼자서 한 접시를 다 먹으며 전매특허인 너스레를 떨었다.

"겉은 바삭 속은 보슬! 바로 이거지!"

시원한 우유 한 잔을 마지막으로 아들의 맛탕 시식은 끝이 나고 식탁에서 일어났다. 배가 부르니 소화가 되려면 게임을 조금 해야겠다며 내 허락과 상관없을 허락의 말을 혼자서 대신했다.

겨울밤은 소리 없이 깊어가고 있었고, 아들이 맛탕을 먹느라 손도 안 댄 오븐에서 구운 고구마를 먹었다. 고구마는 따뜻하고 달았다.

맛탕

주재료 고구마 500g

소스재료 오렌지 주스 4T(생략가능), 포도씨오일 1T, 설탕 1과 1/2T

1. 고구마를 삼각형 모양으로 썰어 약불에서 노릇하게 튀긴다.
2. 팬에 맛탕 소스를 넣고 튀겨놓은 고구마에 코팅한다.

두고두고 오랫동안

행복한 기다림, 간장게장

사람들은 어느 날 안도현의 시 '스며드는 것'을 읽었고, 간장이 스며드는 게의 아픔에 가슴이 멘다고 했다. 눈물이 난다고도 했다. 다시는 간장게장을 못 먹겠다고 했다.

그러나 나는 그 시를 읽고도 가슴이 메어오지 않았고, 눈물이 나지도 않았고, 다시는 간장게장을 못 먹겠다는 생각도 하지 않았다. 간장이 스며든 자신의 몸을 버둥거리는 게의 아픔이 나에게는 숭고한 희생처럼 느껴져 감사하게 느껴질 뿐이다.

간장게장을 담글 때마다 맛있게 먹을 아이들 생각으로 매번 좀 더 맛있게 만들어내고 싶은 욕심만 있었지 게의 아픔에 대해 생각해보지 않았고, 그 이후로도 그런 생각은 하지 않았다. 반복해서 하다 보니 무뎌져 버린 것일까. 꽃게 때문에 가슴이 메진 않는다. 나는 매정한 사람일까?

우리집 냉장고에는 간장 게장이 없는 날보다 있는 날이 훨씬 많았다. 아이들 모두가 간장게장을 좋아한다. 특히 막내아들은 간장게장이 없으면 담가 달라고 할 정도라서 수시로 펄펄 살아있는 꽃게를 사러 시장을 들락거린다. 바닷가가 가까운 곳에 살다 보니 조금만 다리품을 팔아도 싱싱한 꽃게를 살 수 있다. 그것도 맛있는 간장게장을 담을 수 있는 좋은 조건이 되어준다.

아들에게 좋아하는 엄마의 음식을 물으면 치킨과 함께 간장게장을 꼽는다. 집에서도 자주 먹지만 워낙 좋아해서 맛있다고 소문난 간장게장 집들은 두루 다녀봤다. 그때마다 아들은 엄마가 담근 것이 훨씬 맛나다며 간장게장 장사를 해보라고 한다. 치킨 장사에 이어 간장게장 장사까지 하라는 우리 아들의 못 말리는 성화를 웃고 넘긴다. 그 정도로 엄마의 음식을 인정해 주니 고맙고 어떤 음식이 먹고 싶다고 한들 못 해줄까 싶다.

사시사철 살아있는 싱싱한 게를 구할 수 있지만, 알을 품은 6월의 암게 맛이 최고로 좋다. 찜, 탕, 게장으로 만들어 먹고 한동안 먹을 수 있는 게장을 담가 놓으면 며칠은 반찬이 걱정 없다.

어릴 적에는 할머니가 손질할 때면 억센 집게발에 물리면 아프다고 생전 만져보지도 못하게 해서 옆에서 구경만 했었다. 그래서 초보 주부 시절에는 바둥거리며 집게발을 들고 덤비는 게 손질이 힘들고 어려웠다. 음식을 하는 일의 최우선 조건이 조심성과 인내심이란 것을 그때 처음 배웠다.

살아서 날뛰는 게를 보면서 놓치지 않으려고 몸통을 꽉 잡고 손질을 하면 손끝에서 느껴지는 꿈틀거림으로 힘의 정도를 알 수 있다. 얼마나 더 버둥거릴 것인지, 지쳐서 더는 버둥거릴 수 없는지, 이미 기절상태인지. 그럴 때마다 손끝에서 전해져오는 생동감이 대단하다.

게가 가진 특유의 비린내를 없애기 위한 갖가지 비법들이 동원되는데 나는 약간의 비린내가 향긋한 바다 냄새로 남아있으면 나쁘지 않다고 생각한다. 싱싱한 게로 간장게장을 담그면 비린내보다는 간이 된 바닷물 냄새가 남아 있어서 오히려 맛을 더해준다.

멸치, 다시마, 말린 표고버섯을 넣은 육수에다 우리집 맛간

장, 진간장, 조선간장, 굵은 소금으로 간을 해가면서 끓여주고 마지막에 매실 효소를 넣어서 간장 육수를 미리 준비해둔다.

미리 끓여 식힌 간장 육수에다 손질한 게와 함께 통마늘, 양파, 생강, 통후추, 마른고추를 함께 넣어서 냉장 보관한다. 사흘 동안 하루에 한 번씩 간장만 따라내서 끓이고, 식힌 다음 다시 부어주기를 반복한다. 게에 밴 간장의 정도를 맛보고 이틀 정도만 돼도 먹을 수 있다.

눈이 빠져라 기다리던 아들은 마음이 급해서 사흘째 되는 날까지 못 참는다. 껍질이 딱딱한 탓에 간이 다 배기에 하룻밤은 부족하니 꾹 참고 기다리지만 이틀째 되는 날은 기어이 먹여줘야 직성이 풀린다.

갓 지은 뜨거운 밥을 평소보다 큰 그릇에다 덜어서 가장 간이 잘 밴 것 같은 게를 골라 얹어주면 열 손가락에 간장 범벅, 게살 범벅을 해가며 먹는다. 그렇게 먹는 나름의 맛이 있다나 뭐라나. 손에 묻은 양념과 작은 속살 하나도 잊지 않고 쪽쪽 소리를 내가며 맛있게도 먹는다.

몸통에 불룩한 부분을 손으로 꾹 눌러 간이 밴 살이 한 덩이 숭덩 딸려 나오면 환호성을 지르며 좋아한다. 부드러워진 게의 속살이 그야말로 살살 녹는단다. 사납게 버둥거리던 집게 다리는 튼튼한 이로 와드득 소리를 내며 깨물어 먹는다. 마지막은 게 뚜껑이다. 게 뚜껑은 아들이 몸통을 신나게 먹는 동안 참기름 두어 방울과 간장과 쪽파로 재정비하고 화려한 대미를 장식할 준비를 하고 있었다. 아들은 여기에 뜨거운 밥을 넣어 뚜껑에 붙어 있던 내장들과 함께 비벼서 그야말로 마파람에 게눈 감추듯이 먹어치웠다. 맛나게 익은 간장게장이 아들의 입 꼬리를 한껏 치켜 올라가게 했다.

간장이 스며드는 순간 버둥거리던 게의 발을 보면서 가슴이 메지도 눈물이 나지도 않았던 나는 더 버둥거릴수록 간장이 잘 스며들어 맛있을 것 같다는 생각을 했는데 정말로 잘 스며 들었나 보다.

내 마음에 사람이 스며들 때도 그랬던 것 같다. 주체할 수 없는 마음으로 넘치는 마음으로 어찌할 바를 몰라 버둥거리면 버둥거릴수록 더 깊이 더 많이 스며들어 왔던 것 같다. 한번 스며들고 나면 내보내지지가 않았다. 나는 그때 그렇게 버둥거리며 스며드는 사람을 더 많이 갖고 싶어서 내 마음의 크기보다 더 많이 들여놓았다.

들여놓고 다시 내놓을 수 없는 것, 나에게 스며드는 것이란 그런 것이었다.

간장게장

주재료 꽃게 1kg.

양념 1 물 4C, 매실효소 1C, 다시마 1쪽, 통후추 1T, 양파 1/2개, 마른고추 3개, 국간장 5T, 미림 5T를 넣어서 20분 끓인 후 불을 줄이고 마늘 30g, 생강 30g을 2~3분 끓인 후 식힌다.

양념 2 맛간장 2와 1/2C, 간장 1과 1/2C, 다시마물(양념A.)4C, 굵은소금 4T, 미림 1/2C를 끓인 후 식힌다.

1. 게는 씻은 후 손질한다.
2. 밀폐용기에 꽃게를 배가 위로 오도록 넣는다.
3. 양념 1+2에 마늘 3쪽, 생강 1쪽, 마른고추 5개, 청양고추 반으로 갈라서 5개, 레몬 1개를 넣는다.
4. 냉장고에서 하루 지나면 간장만 다시 끓여 식힌 후 부어준다.
5. 2~3회 반복한 후 간이 배면 먹는다.(게장은 냉동보관해서 먹으면 살이 물러지지 않는다.)

든든한 지원군, 북어 장아찌와 통마늘 장아찌

해장국을 끓이고 남은 북어를 잘게 찢었다. 잘게 찢으면서 내 마음에 달라붙어 있던 찌꺼기 같은 마음도 찢어냈다. 달라붙어서 짓이겨졌던 마음이 북어 보푸라기처럼 부드럽게 보슬보슬 가루가 되어 폴폴 날렸다. 입으로 훅 불어도 민들레홀씨처럼 가벼워지고 말았다. 또 어느 날 먼지 같던 마음이 쌓이고 쌓여서 굳어지면 북어포를 꺼내서 잘게 찢어서 고추장 속에 푹 찔러 넣어야겠다. 내 마음을 찔러 넣었듯이.

고추장 속에서 북어가 익으면 맛있게 먹을 딸을 생각한다. 그 아이가 어느 날 마음속에 찌꺼기 같은 마음이 차곡차곡 쌓이면 제 엄마가 그랬듯이 북어를 찢어 내면서 폴폴 날려버리면 좋겠다.

이렇게 오래 저장해두고 먹을 수 있는 반찬을 만들어놓으면 마음 한 곳이 든든하다. 그래서 장아찌 종류를 만들어놓을 때면 겨울철 김장을 했을 때처럼 부자가 된 기분이다.

우리 가족들은 고기를 먹을 때에도 꼭 장아찌를 곁들인다. 깻잎 장아찌를 야채 대신 쌈으로 먹으면 고기의 느끼함도 없고, 소화도 잘 된다. 깻잎은 어떤 음식에 다 들어가도 잘 어우러져 맛있다. 살짝 간을 한 밥을 깻잎 장아찌에 쌈 싸듯이 말아서 먹으면 깔끔하게 맛있어서 자꾸 손이 간다. 계절마다 양파, 방풍, 오가피, 두릅, 민들레를 장아찌로 담아서 먹는다. 아이들이 고기를 집에서 구워먹고 싶어 하는 이유가 장아찌에 있다.

양파 장아찌는 담가서 냉장 보관하면 다 먹을 때까지 아삭아삭한 맛을 유지할 수 있다. 우리 딸들이 나중에 직접 하게 될 때를 생각해서 만들어놓은 가장 간단한 레시피는 간장:소주:식초를 같은 비율로 하는 방법이다.

다른 것들과 다르게 양파장아찌가 가장 맛있었을 때의 레시피는 조금 복잡하다. 하지만 그만큼의 시간과 정성이 들어가야 모든 음식은 맛있다.

그처럼 살아오면서 누구나 잘 알고 있는 사실과 기본에 충실하면 길을 잃는 법이 없다. 장아찌는 시간이 무르익어야 제 맛이 난다. 우리의 삶도 장아찌처럼 물들고 익어 가면 지금보다 더 맛있어질 것이다.

북어 장아찌

주재료 북어채 200g,

육수재료 물 1C, 북어머리, 양파 1/2개, 다시마

양념재료 간장 2T, 고추장 3C, 향신즙 2T, 설탕 2/3C, 꿀 1/2C, 조선간장 1T

1. 북어채를 잘게 찢는다.
2. 물 1C에 육수 재료를 넣어 반으로 줄어들 때까지 끓인다.
3. 육수 반 컵에 양념재료를 모두 넣어 섞는다.
4. 찢은 북어를 3.에 넣어서 실온에 하루 두었다가 냉장 보관한다.
5. 일주일 후에 먹는다.

통마늘 장아찌

주재료 통마늘 50개,

양념재료 1 물 6C, 식초 3C,

양념재료 2 간장 1C, 소금 50g, 설탕 50g

1. 통마늘을 손질한다.
2. 양념재료 1.를 끓인 다음 식힌다.
3. 양념재료 2.를 끓인 다음 식힌다.
4. 밀폐용기에 손질한 통마늘을 담고 양념재료1.을 붓는다.

5. 10일 후에 양념재료2.를 붓는다.

6. 한 달 후 국물만 끓여서 식힌 다음 붓는다.

7. 한 달 후에 먹는다.

엄마가 그리운 날, 낙지젓갈무침

내가 사는 지역에는 싱싱한 해산물이 풍부해서 아이들이 이유식을 시작할 때부터 많이 먹였다. 세 아이 모두 특별한 음식에 알레르기반응도 없었고, 아무 탈 없이 잘 먹고 잘 커주었다. 잘 먹인 덕분인지 건강하기도 해서 고맙다.

우리 아이들은 어릴 때부터 젓갈을 즐겨 먹었다. 배추에 싸서 먹거나 양배추를 삶아서 쌈 싸 먹거나 각종 야채에다 젓갈을 곁들여서 곧잘 먹었다.

작은딸에게 밑반찬을 해서 보낼 때마다 빠뜨리지 않는 것 중에 하나가 젓갈이다. 낙지젓갈이나 오징어젓갈을 꼭 넣는데, 특히 오징어젓갈을 얼마나 좋아하는지 모른다. 오죽하면 혼자 공부하고 있는 딸에게 친구가 생일 선물로 오징어젓갈을 보내줬다고 자랑을 했다.

소중한 사람들에게 습관처럼 밥 먹었느냐, 밥 먹어라, 바빠도 제때 밥 챙겨 먹으라는 말을 인사말처럼 한다. 힘들어 할 땐 달려가 밥이라도 해먹이고 싶은데 그러지 못해서 안타까운 마음뿐. 나에게 밥 한 끼 먹고, 먹이는 일은 남다른 정성과 사랑을 전하는 일이다. 나 역시 밥을 통해 몸도 마음도 위안을 받으며 살아왔기에.

사랑하는 사람과 함께 먹고 마시는 순간만큼 소중하고 행복한 시간이 또 어디 있을까.

낙지젓갈

주재료 낙지젓갈 500g(오징어젓갈 등)
양념 고춧가루 1T, 다진 마늘 1/2t, 물엿 3T, 생강즙 1/2t, 와사비 1t, 청양고추 30g, 풋고추 30g, 쪽파 5T, 깨소금, 참기름

1. 낙지젓갈에 양념을 넣고 버무려 먹는다.

할머니의 빨간 손, 김장김치

계절이 바뀔 때마다 옷장을 열어 정리를 한다. 내 서랍 안에 새것 그대로인 손수건과 양말, 속옷들을 보며 할머니의 서랍 안에 있던 많은 것들이 생각난다. 당신 딸이 수를 놓았던 무명천들과 버선코에 예쁘게 수가 놓아진 하얀 버선을 차마 버리지도 신지도 못했던 할머니의 마음을 서랍 안에 같이 넣어 두셨다. 게으름으로 미뤄둔 옷장 서랍 정리를 하면서 내가 가진 새것과 할머니가 가진 새것이 이제는 같이 낡아가고 있는 것 같은 생각이 들었다.

그 시절 할머니는 계절이 바뀔 때마다 한 계절을 나기 위한 음식을 장만하셨다. 계절에 맞게 간장, 된장, 고추장을 담그시고 젓갈과 매실을 담그셨다. 겨울이 돌아오면 가장 큰 일은 김장을 담그는 일이었다.

요즘의 겨울은 겨울답지 않은 따뜻한 날씨가 사람의 몸과 마음을 덜 움츠려들게 했다. 하지만 할머니가 김장을 하시던 그 겨울은 매번 왜 그리도 춥던지.

김장 날이면 할머니는 동네 사람들은 물론 친척들까지 불러 손을 보태게 하고, 김장과 음식을 함께 나눠 먹었다. 김장하는 날은 동네 잔칫날이나 다름없었다.

할아버지와 아저씨들은 김칫독을 묻을 준비를 하고 무거운 항아리를 옮기는 일을 맡았다. 넓은 마당에 놓여 있던 커다란 평상 위에는 소금에 절여진 배추들이 늘어진 채로 산처럼 쌓여 있었다.

사람들로 들어찬 마당은 시끌벅적한 아주머니들의 웃음으로 가득했다. 나는 언 손을 녹이기 위해 마당 한 켠에 피워놓은 장작불에 고구마를 구웠다.

할머니는 손이 시린 것을 아랑곳하지 않고 김장김치를 버무리셨다. 다 버무려진 김치를 제일 먼저 맛보는 사람은 언제나 나였다. 할머니 옆에 꼭 붙어 있으면 양념에 버무린 노오란 배춧속을 입에 넣어 주신다. 그뿐이랴, 삶아 놓은 수육을 절인 배춧잎에 돌돌 말아 입에 넣어 주신다.

막 담근 김치는 뭐니 뭐니 해도 갓 지은 뜨거운 밥과 먹어야 제 맛이다. 가마솥에다 지은 뜨거운 밥을 한 숟가락 뜨면 할머니는 배추김치를 쭉 찢어서 척 얹어 주신다. 추워서 콧물을 훌쩍이면서도 뜨거운 밥을 후후 불어가며 먹는 그 맛은 정말 꿀

맛이다. 먹기도 전에 군침이 돌아서 참을 수가 없다. 입에 있는 것들을 채 삼키기도 전에 또다시 김치를 쭉 찢어서 밥 위에 얹어 주시던 할머니의 주름지고 투박한 손. 시려서 핑크빛이 된 손에는 김치 양념이 붉게 물들어 있었다.

할머니 집 마당에서 사람들과 북적거리며 김장을 하던 날들의 추억은 춥고, 맛있고, 따뜻했다. 그날들 이후로도 헤아릴 수 없이 많은 김치를 매일 먹지만 그때 할머니 김치처럼 맛있는 것을 아직까지 먹어보지 못했다. 앞으로도 할머니의 맛을 흉내 내려고 애를 쓰겠지만 불가능할 것을 잘 알고 있다. 어느 누구도 그때의 할머니처럼 나를 사랑할 수 없고, 그만큼 정성을 다한 음식을 만들어주지 못할 것을 알기 때문이다. 가슴으로 기억할 수밖에 없어서 더 간절히 그리운 그 맛. 나 역시 그만큼의 간절한 사랑으로 가족들에게 음식을 만들어 먹이고 싶다. 내가 곁에 없을 때에도 그 맛과 그 마음을 기억할 수 있도록.

배추 말이 김치

주재료 절인배추 10kg

양념소 재료 무 5kg(채썰기), 설탕 60g, 굵은소금 1T, ─ 체에 받쳐 물기 뺀다.

액젓 500cc, 양파 500g, 생강 50g, 다진 마늘 200g, ─ 섞은 다음 참치액젓 2T, 고춧가루 3C, 설탕 250cc, 소금 3T, 쪽파 또는 부추 250g, 갓 250g, 배 3개(굵은 채썰기), 잣 1/2C, 밤 20개(대충 썰어서)

1. 절인배추를 2등분한다.(소금에 줄기부분을 많이 절여지게 한다.)
2. 배추에 양념소를 넣어 돌돌 말아둔다.
3. 냉장 보관한 후 익으면 먹는다.
4. 꺼내서 썰 때는 배추를 김밥처럼 동그랗게 말아서 썰어서 접시에 놓는다.

총각김치

주재료 총각무 2단, 굵은 소금 1/2C
무 양념 1 향신즙 3T, 소금 1T, 설탕 1과 1/2T, 쪽파 60g
무 양념 2 고춧가루 1C, 찹쌀풀 1/2C, 배즙 80cc, 양파즙 70cc, 다진 마늘 5T, 생강 1T, 멸치액젓 150cc, 향신즙 3T, 소금
향신즙 배, 무, 마늘, 양파 각각 200g, 생강 10g을 블랜더에 갈아서 즙을 사용한다.

1. 총각무 2단을 2~4등분해서 소금이 무쪽으로 많이 가도록 굵은 소금 1/2C으로 1시간 절인다.
2. 1시간 절인 후에 서너 번 씻어서 물기를 뺀다.
3. 무 양념1. 으로 30분 절인 후에 쪽파를 넣는다.
4. 무 양념2.를 넣고 버무린다.(소금으로 간 조절)

열매가 익어가는 시간, 우메보시

매실 효소와 장아찌로만 즐기던 매실을 색다르게 접할 기회가 있었다. 오래전 큰고모님께서 일본을 자주 다녀오실 때가 있었는데 그때마다 내가 좋아하는 병아리 빵과 처음 먹어보는 각종 장아찌와 우메보시를 꼭 사오셨다. 몸에 좋다며 먹으라고 하셨지만 쓰고, 시고, 짜서 아무리 몸에 좋다 한들 익숙한 맛이 아니라서 그때는 구석으로 밀려나 환영받지 못했었다.

그러던 어느 날엔가 일식당에서 맛있는 요리를 먹고, 마지막은 우메보시를 먹어줘야 소화도 잘되고 항균 작용도 된다는 말에 예전에 먹었던 맛을 떠올리며 기대감 없이 먹었다. 지나치게 짜지도 시지도 않아서 오히려 개운하게 해주었다. 그 일을 계기로 우메보시에 대한 호기심이 생겨 직접 만들기에 도전했다.

우메보시는 매실로 늘 해왔던 효소나 장아찌를 만들 듯이 쉽고 간단한 일이 아니었다. 다른 음식들도 물론 그렇지만 시간과 정성이 많이 들어가야 하고, 과정도 복잡했다.

우메보시는 일본의 전통 요리로 매실을 소금에 절여서 만든 절임 요리의 한 종류이다. 알고 보면 일본 전통음식도 아닌 것이 7세기에 중국에서 전파된 매실을 짚으로 그을려 먹던 오매에서 유래된 음식이다.

15세기 후반에 들어서서 발전하기 시작해서 전쟁터에서는 전염병 예방약으로도 쓰였다. 일본에서 가장 유명한 생산지는 오카야마 현으로 껍질이 얇고 과육이 두툼하고 부드러워 일반적인 우메보시보다 2배 이상 비싸다. 밥과 함께 먹는 것이 일반적이며 살균 및 방부 효과가 있다. 만드는 방법에 따라 종류도 다양하고 각기 맛도 다르다. 소금으로 절이는 음식이라 짠맛이 강하고 건강상의 이유로 요즘에는 저염식으로 담그는 추세이다.

5년 이상 되면 가격도 비쌀뿐더러 약재로 쓰일 정도라고 하니 더욱 호감이 갔다.

기본적인 정보를 습득한 후, 6월 중순에 본격적인 우메보시 만들기를 시작했다. 만드는 다양한 방법 중에 가장 일반적인 소금에 절이는 방식으로 정했다. 다만 소금의 양을 줄이는 저염식을 선택했다.

저염식은 소금과 설탕의 배합이 맛을 결정하는 중요한 요소가 된다. 그래도 나름 음식을 해온 그동안의 경험을 토대로 무진장 애쓴 덕에 가장 적절한 나만의 배합을 만들어 냈다. 좋은 소금이 필요했는데, 마침 신안에서 사다 놓았던 소금이 십 년도 훨씬 넘어 간수가 잘 빠진 상태라 굵은 천일염과 가는 천일염을 혼합해서 사용했다.

주재료인 매실은 신맛이 나는 청매실보다는 신맛이 덜하고 과육이 큰 유기농 황매실을 구입했다. 처음이라 많은 양보다는 5kg을 사다가 매실이 매달려 있던 꼭지를 일일이 다 떼어내고, 여러 번 씻어낸 다음 하루 동안 물기가 빠지도록 내버려 두었다.

따뜻한 날씨 탓에 조금씩 익어가고 있는 매실의 달콤한 향이 집안 구석구석까지 배어들었다.

하룻밤을 그렇게 지나고 나서 드디어 나만의 황금 배합으로 매실을 소금에 절이는 순간이 다가왔다. 내 생애 첫 우메보시의 맛이 결정되는 설레고 긴장되는 순간이었다.

노란 매실 과육 위로 소금과 설탕이 하얀 눈처럼 매실 사이를 메우는 것을 흐뭇하게 바라보았다. 유월 중순의 따뜻한 날씨가 하룻밤 재워둔 소금과 설탕을 잘 녹여주고 있었다. 소금물에 매실이 잘 잠겨 있어야 곰팡이가 생기지 않고 매실도 물러지거나 상하지 않는다. 소금이 다 녹을 때까지 아침저녁으로 수시로 위아래를 번갈아 가며 골고루 닿도록 소금물 샤워를 해주었다.

2주 정도 지나면 소금도 완전히 녹아 소금물에 절인 매실의 과육이 단단해진다. 그때가 되면 차조기, 그러니까 붉은 깻잎을 준비시켜 놓는다. 차조기는 매실에 색을 입히는 역할도 하지만 살균 작용과 방부 작용을 해준다. 차조기를 소금에 바득바득 비벼 씻으면 짙은 자주 빛깔이 손가락 사이로 배어나와 못난 손을 고운 색으로 물들인다. 색이 예뻐서 버리기도 아까운 첫물은 쓴맛과 풀냄새가 많이 나서 아깝지만, 과감히 버려야 한다.

2번째와 3번째 차조기 우린 물을 매실에 부어주고, 차조기 잎으로 매실을 덮어준다. 매일 매실이 차조기의 자주 빛깔로 점점 짙게 물들어 가는 것을 커가는 아기 바라보듯 지켜보는 즐거움으로 하루를 시작한다.

그렇게 20일이 지난 7월 말부터 햇볕이 가장 뜨거울 때 차조기 색으로 물들어 고운 빛깔의 매실을 햇빛에 내다 말려야 한다. 매실을 말리는 일은 손도 많이 가지만 무엇보다 완성도 높은 우메보시를 완성하기 위한 아주 중요한 과정이다.

뜨거운 햇볕이 온종일 잘 드는 어느 집 앞 베란다가 부러운 순간이다. 아침에 눈을 뜨면 날씨부터 확인하고 비라도 올까 봐 노심초사한다. 소금물에 절인 매실을 건져내서 한지를 바닥에 깔고 하나씩 조심스럽게 햇볕에 선뵈듯이 내어놓는다. 내 손길마다 마음이 더해진 한 알 한 알 소중한 한 알이다.

태양의 뜨거운 열기를 견디다 못한 매실이 소금기와 수분을 하얀 얼음조각처럼 밖으로 꺼내놓기 시작하면 과육은 점점 단

단해진다.

저녁나절 해가 넘어가기 시작하면 거두어들여 다시 소금물에 담그는 일을 일주일 정도 반복한다. 날씨가 계속 좋기를 바라며 매일 햇볕에 말리는 매실은 하루가 다르게 단단해져 간다.

3일쯤 되면 매실의 과육이 갓 태어난 아기의 엉덩이처럼 보들보들하다. 한 알 한 알 담긴 정성과 마음을 함께 먹을 사람을 생각하며 더없이 행복한 마음으로 어깨를 들썩이며 이리 뒤집고 저리 뒤집어 충분히 잘 말려준다.

잘 말려진 매실은 신맛이 조금 더 사그라질 때까지 6개월 정도 숙성시키면 더욱 맛있게 먹을 수 있다. 맛보고 싶은 성급함에 짜고 시지 않으니 꿀을 조금 발라 식은 밥을 얼음물에 말아 한 알 먹어본다. 입안에 퍼지는 얼음물의 찬 기운 안에다 맛을 가두어 입천장이 얼얼해질 때까지 잠시 머무르게 하고 느리게 음미해본다. 입안에 담긴 열매에서 풍겨나던 단맛이 겉도는 짠맛과 덜 익은 신 맛에는 대낮의 뜨거운 햇볕의 냄새와 맛이 배어 있다. 저녁나절의 후덥지근한 바람의 냄새와 맛이 혀끝에서 알싸하고도 달큰하게 느껴진다. 첫 번째 도전은 아주 성공적이었다. 사소하지만 사소하지 않은 일이 주는 행복으로 그동안의 시간과 노력에 스스로 만족했다.

그동안 얼마나 심혈을 기울이고 정성을 들였는지 알고 있는 딸에게 먹어보라고 권하니 무슨 맛이 이러느냐면서 우메보시의 진정한 맛과 가치를 몰라준다. 나는 하나도 섭섭하지 않았다. 그동안 들인 정성이 빛을 발하며 완성되어 있는 것만으로도 좋았으니까.

우메보시를 조심스레 담아 들고서 누구보다 그것의 맛과 가치를 잘 알고 좋아하는 사람을 찾아 나섰다. 처음으로 만든 우메보시를 맛보이고 어떤 맛 평가를 해주실 것인지에 대한 기대감을 가득 안고.

첫 도전이 성공적으로 끝나고 그다음 해에는 좀 더 많은 양을 담았다. 좀 더 많은 양의 차조기로 색도 더 예쁘게 물들였다. 5년이 지나면 약이 된다고 하니 잘 보관해두기로 한다.

작년에도 병원을 다니는 와중에도 우메보시를 담갔다. 여름에는 소나기가 자주 내려서 한시도 소홀히 할 수가 없었다. 요즘도 가끔 한 알씩 꺼내 먹어본다.

올해도 나는 우메보시를 담글 것이다. 언젠가 잘 익어진 열매를 입에 물고 하얗게 웃을 날이 올 테니까. 해마다 쌓이고 더해지는 열매가 익어가는 시간만큼 내 마음속 열매도 또 자라나고 또 익어가고 있을 것이다.

우메보시

전통 방식 : 매실 무게의 18~20%의 소금
저염 방식 : 매실 무게의 10~12%의 소금
* 저염 방식으로 우메보시 만들기(날짜 잘 적어가면서 절이고, 말리기)

주재료　매실 5kg, 소금 500g, 설탕 200g. 차조기 1kg

1. 매실은 꼭지를 제거하고 씻은 후 물기 없이 말린다.(소주로 소독)
2. 물기 없는 매실을 소금과 설탕에 재운다.
3. 아침, 저녁으로 한 번씩 소금이 골고루 닿도록 흔들어 준다.(곰팡이 방지)
4. 7일 후부터 소금물이 완전히 녹기 시작하면 차조기를 준비한다.

5. 7~10일 사이 소금이 다 녹으면 살균, 소독 효과가 있는 차조기를 천일염에 절여 박박 씻는다.(차조기 무게의 20~30% 소금)

6. 첫 물은 쓴맛이 나므로 따라서 버리고 2~3번 씻어 헹군다.

7. 차조기를 매초물(매실에 녹은 소금물)에 다시 버무려 붉은 물이 나오면 차조기 잎과 함께 매실에 넣는다.

8. 한 달 정도 숙성시킨다.

9. 한 달 정도 되면 매실을 건져내서 햇빛에 말린다. 저녁이면 거둬들여 매초물에 다시 담근다.

10. 이 과정을 3,4일에서 일주일 정도 반복한다. 소나기에 맞으면 매초물로 헹궈준다.

11. 매실이 보송보송하게 잘 말려지면 매실만 용기에 넣어 냉장 보관해서 숙성시킨다.

12. 꿀이나 간장에 버무려 먹으면 또 다른 맛의 우메보시를 맛볼 수 있다.

잠시도 허기지지 않도록, 약밥

우리집에는 한꺼번에 만들어 놓고 먹을 수 있는 몇 종류의 저장 음식이 있다. 약밥이 그중에 하나이다.

아이들이 어릴 적에 놀이공원에 자주 놀러 갔었다. 이른 아침부터 혼자서 세 아이를 챙기는 일이 쉽지만은 않았다. 지금도 생각해보면 그때는 젊기도 했지만 세 아이를 혼자서 감당해 내는 힘이 어디서 나왔었는지 도통 모르겠다. 다시 또 그렇게 할 수 있을까 싶기도 하다.

이른 아침 서둘러 나가지 않으면 주말에는 더욱 길게 늘어선 줄을 감당할 수 없게 된다. 서둘러 나오느라 밥도 제대로 못 챙겨 먹은 아이들을 위해 만들어 미리 냉동실에 넣어 두었던 약밥 뭉치를 꺼내서 챙겼다.

놀이공원에 길게 늘어선 줄을 보며 머리가 아찔해져서 더 일찍 못 온 것을 안타까워한다. 그렇게 조금 지나면 배가 고파지는 아이들에게 가방에서 약밥을 하나씩 꺼내서 들려준다. 분명 집이라면 안 먹었을 약밥이지만, 언제 줄어들지도 모를 긴 줄이라서 밀려오는 배고픔을 잠시라도 달래려면 다른 수가 없다. 그 사이 냉동실에서 얼어있던 약밥은 먹기 좋게 녹아서 꽁꽁 싸매 놓은 비닐 랩을 벗겨서 먹으면 쫀득하고 차진 맛이 배고픔을 긴 줄 맨 뒤로 싹 달아나게 한다.

간장으로 간을 한 연한 갈색의 약밥을 보면서 아이들은 떡인 줄 알고 먹었다. 아이들에게는 약밥이 떡과 특별한 차이는 없었다. 그렇게 약밥을 한 두어 개씩 먹고 나면 배고픈 것도 잊어버리고 놀이기구를 즐길 수 있었다.

우리 아이들에게도 놀이공원에서 차례를 기다리며 배고픔을 달래주었던 간장의 간이 밴 쫀득하고 단맛이 나는 약밥에 대한 기억이 선명하게 남아 있었다. 특히 작은딸은 약밥을 좋아해서 집 떠나 공부하고 있을 때도 한꺼번에 만들어 먹기 좋게 낱개로 포장해서 보내주고는 했다. 내가 아플 때는 직접 해줄 수가 없어서 만들어 놓은 것을 사서 보내주기도 했는데 그때마다 맛이 없다고 타박을 했다. 엄마의 손길이 그리워서였을 것이다.

엄마의 음식을 누구보다 좋아하고 잘 먹는 아이들이 건강하게 자라준 것이 늘 고맙다. 하지만 아이들이 커서 각자의 삶을 찾아 집을 떠나 있게 되면서 가끔 다른 음식들에 적응을 못 해서 힘들어하는 것을 보게 된다. 엄마 음식에 너무 길들여져서 음식에 대한 기대치가 너무 높아진 것이 불편할 때도 있단다.

지금도 우리집 냉동실 문을 열면 틈틈이 만들어 넣어둔 찰밥과 약밥이 있다. 아픈 뒤에도 몸 상태가 좋을 때면 엄마가 집을 비운 사이 배가 고픈 채로 집에 돌아왔을 때 꺼내 먹을 수 있도록 만들어 놓았다. 하지만 시간이 지나도 손도 안 대고 그대로 자리만 차지하고 있는 약밥을 정작 내가 꺼내 먹으면서 다 먹고 나면 또 만들어 넣어두어야겠다고 생각한다. 혹시라도 어느 날 불현듯 먹고 싶어질지도 모르니까 말이다.

엄마의 맛이 곁에 없는 그리운 엄마를 대신해 줄 것이다.

약밥

주재료 생 찹쌀 540g, 물 360g, 흑설탕 80g, 간장 3T, 참기름 2T, 꿀 20g, 밤 10개, 잣

가장 간편한 방법 찹쌀은 불려서 물기를 뺀 후 위의 분량대로 섞어서 전기 압력 밥솥에서 잡곡모드로 완성한다.

1. 찹쌀을 5~6시간 불려 채에 받친 다음 전자레인지에 강으로 10분 찐다. 밤은 8분 찐다.
2. 흰쌀이 안 보일 정도로 모두 다 섞는다.
3. 뚜껑 닫고 10분 찌고, 뚜껑 닫고 5분 뜸 들인다.

4. 약밥이 식으면 모양을 만들어 먹기 좋은 크기로 잘라서 먹는다.
5. 먹고 남은 약밥은 각각 포장해서 냉동 보관한다.

즐거운 요리놀이, 타이풍 춘권

내가 초등학교에 다닐 때는 방학이면 방학 숙제를 하느라 바빴다. 매번 숙제로 받아온 탐구생활을 방학이 끝나갈 무렵 한꺼번에 해내느라 애를 먹기도 했다.

특히나 밀린 일기를 쓸 때면 지나버린 날씨를 다 기억해 내지 못해서 곤혹을 치렀다. 지금처럼 검색만 하면 날짜별, 시간별로 날씨가 줄줄이 나오던 때가 아니라 오빠와 친구까지 동원해서 겨우 알아내기도 했었다.

세 살 버릇 여든까지 간다고 나는 요즘도 밀린 일을 한꺼번에 하는 일이 종종 있다. 나쁘게 말하면 게으르고, 좋게 말하면 순간 집중력이 좋다고 할까? 꿈보다 해몽이 좋다. 세 아이의 엄마가 되어 아이들과 함께 학창시절을 보내야 했던 나는 좀 더 꼼꼼하고 예민하게 챙기려 애썼다.

요즘 아이들의 방학 숙제는 직접 체험하고 경험할 수 있는 것들이 대부분이었다. 그중에서 꼭 빠지지 않는 것이 음식 만들기였다. 음식을 직접 만들어 보고, 만드는 과정을 보고서 형식으로 쓰는 숙제였다. 사진으로 찍고, 만들어 보면서 느낀 점을 직접 써보고, 맛 평가도 해보며 재미있게 할 수 있었다. 평소에도 엄마의 음식에 관심이 많은 우리 아이들에게는 숙제가 아닌 그야말로 놀이였다. 그때마다 아이들이 좋아하고, 만들면서 최대한 스스로 할 수 있는 음식을 골라야 했다. 우리는 춘권 만들기를 선택했다.

춘권은 춘권피에 채소와 고기를 넣어서 튀기거나 구워서 먹는다. 한꺼번에 만들어 놓고 꺼내 먹는 저장 식품 중 하나로 아이들 모두가 좋아한다.

재료를 준비해서 만두처럼 소를 만들어 춘권피에 돌돌 말아 기름에 튀겨 먹는다.

기름에서 막 튀겨낸 춘권을 먹으면 겉은 바삭 속은 고기와 야채와 당면이 어우러져 완벽한 조화를 이룬다. 가끔 소가 터져 나오기도 하고, 모양도 삐뚤빼뚤하지만 직접 만들어서 그런지 맛이 더 좋단다.

우리 아이들과 함께 소를 만들고, 춘권피에다 돌돌 말아서 튀겨먹는 이 맛있는 춘권을 언제든 꼭 만들어 먹기를 바라는 마음이다.

언젠가 우리 딸들도 자신의 아이들과 음식 만들기 방학 숙제로 춘권을 만들고 있을지도 모른다. 그런 모습들을 머릿속으로 혼자 그려보고 있는 지금의 나를 기억하고 그리워할 것이다. 자신들을 너무나 사랑했던 엄마가 남긴 음식이야기와 함께.

타이풍 춘권

주재료 춘권피(싱가포르 냉동 TYJ 춘권피 스프링 롤 짜조피 19 x 50, 20~25개 분량)

춘권소 재료 마늘 2알, 돼지고기(등심, 안심) 100g, 양배추 100g, 녹두 당면 50g, 숙주 50g, 쪽파 40g, 목이버섯 40g, 계란 1개, 피시소스 1T, 중국 스프 1/3t, 전분 2t, 후추, 생강술(청주에 간 생강을 하룻밤 재운 후에 사용)

소스 재료 홍고추 1개, 마늘 1/2T, 스윗 칠리 1T, 피시소스 1/2T, 양파다 짐 1T, 레몬즙 1T, 오이다짐 1T

– 땅콩다짐 고명으로 얹어서(스윗 칠리 소스에만 찍어 먹어도 된다.)

1. 마늘 2알 굵게 다지기.
2. 돼지고기는 갈아서 소금, 후추, 생강술로 밑간을 한다.
3. 양배추 4~5cm 채썰기 한다.
4. 녹두 당면은 미지근한 물에 30분 담근 후 4~5cm 크기로 자른다.
5. 숙주, 쪽파, 목이버섯을 다진다.
6. 5.와 함께 계란, 피시소스, 중국스프, 전분, 후추, 양배추, 녹두당 면을 큰 볼에다 섞는다.

7. 팬에 포도씨오일 3T를 두른다.

8. 다진 마늘과 돼지고기를 차례로 넣고, 익으면 생강술 2T를 넣는다.

9. 섞어 놓은 소를 모두 넣어서 양배추가 익으면 불을 끄고 식힌다.

10. 춘권피(싱가포르 냉동 TYJ 춘권피 스프링 롤 짜조피 19 x 50)에 야채 소를 넣고 말아서 밀가루 죽(물에 밀가루 섞어서 풀처럼 쑨다.)으로 끝부분을 붙인다.

11. 너무 높지 않은 온도에서 노릇하게 튀겨서 소스에 찍어 먹는다.

제4장

가볍지만 특별한 한 끼

마음이 허기진 날, 우동 한 그릇

아직도 한겨울이건만 봄이 온 것 같은 포근한 날씨에 이른 꽃망울을 터뜨린 꽃을 보면 괜스레 마음이 들뜨기도 한다.

찬바람이 불면 장작불을 지펴 뜨끈뜨끈한 아랫목에 앉아 타고 남은 숯으로 군밤을 구워주시던 할아버지가 생각난다. 계절과 날씨가 변덕을 부리고 바뀔 때마다 음식으로 기억하게 되는 지난날들은 몸도 마음도 더 따뜻하게 해주어서 좋다.

음식이 주는 기억은 우리 일상에서 자연스럽게 함께한다.

이른 봄이 찾아와 연일 포근하던 날을 보내기 싫은 겨울이 시샘이라도 한 것인지 오늘은 종일 눈이 바람에 흩날린다. 지난해도 올해도 제대로 눈 구경 한번 못 해보고 겨울을 보냈었다. 이왕이면 그동안 아꼈던 것까지 흰 눈이 펑펑 쏟아지면 좋겠다.

경칩이 지났는데도 눈발이 날리는 변덕스러운 날씨. 차가운 바람에 몸이 움츠러들 때는 뜨끈한 국물에 탱탱한 면발을 담아낸 우동 한 그릇이 생각난다. 뜨끈한 우동 국물을 후후 불어 들이키면 가슴 속이 뜨끈해질 것 같다.

생각난 김에 당장 냉장고에 있는 재료들을 동원해서 멸치와 다시마 표고버섯을 넣어 육수를 끓인다. 시판용 우동 사리는 살짝 데쳐 찬물에 헹궈 체에 받쳐 물기를 빼놓는다.

육수가 다 끓고 나면 물기 빠진 우동 사리를 넣어 조선간장과 소금으로 간을 하고 다시 한 번 끓여 큰 그릇에 넘치게 담아준다. 고명으로 준비해 두었던 삶은 달걀과 팽이버섯, 파, 쑥갓, 가츠오부시를 차례대로 올려주면 끝!

뜨끈한 국물이 먹고 싶었던 참이라 채 식기도 전에 그릇째 들고 홀홀 마셔본다.

바람에 날리던 눈발에 시리던 귓불까지 뜨끈해져 온다. 국물을 한 번 더 들이키자 머리카락 사이로 작은 땀방울이 맺힌다. 뜨거운 우동 국물 몇 모금을 마시니, 오래간만에 오는 눈 구경하며 밖을 쏘다니다 추위에 떨었던 몸이 장작불을 지핀 할머니 집 안방 아랫목에 드러누운 것처럼 뜨끈해진다.

젓가락에 달려 튕겨 올라온 우동 면이 한쪽 뺨을 훑고 스쳐 지나간다. 쑥갓의 향기는 바람에 얼얼해진 코끝에 닿아 박하 향처럼 상큼하게 스친다.

그리운 사람을 만난 듯 반갑게 맞이했던 눈이 어느새 흔적도 없이 사라졌다. 아주 잠시 뿐이었지만 그 순간의 설렘을 오래도록 기억하고 간직하고 싶다.

그렇게 우동 한 그릇을 다 비우고 나니 구리 료헤이의 단편 소설 우동 한 그릇이 생각났다. 허름한 차림으로 두 아들과 우동 1인분을 시킨 손님에게 몰래 1.5인분을 담아주는 배려에서 시작되는 이야기. 단순히 돈을 벌기 위해 음식을 파는 것이 아니라 진심 어린 따뜻한 마음이 각박한 세상을 살아가는 사람의 마음을 감동을 준 이야기.

누군가에게는 허기진 배를 채우기 위한 음식 한 그릇이 누군가에게는 허기진 마음을 채워주기도 한다. 우리 아이들도 엄마의 정성과 사랑이 담긴 음식을 먹고, 허기진 배를 채우고 허기진 마음마저 채웠기를. 먼 훗날, 마음에 허기가 지는 날, 엄마가 정성껏 끓여 주었던 뜨거운 우동 한 그릇을 떠올리며 쓸쓸함을 지우기를.

가츠오부시 우동

주재료 우동 사리 2개, 기본육수 1L, 어묵 70g, 표고버섯 2개, 청홍고추 각 1개, 대파 1대, 맛술 2T, 진간장 3T, 국간장 1T, 소금 약간, 고명용 쑥갓, 가츠오부시

1. 우동 사리는 끓는 물에 살짝 데쳐서 체에 받쳐둔다.

2. 육수에 진간장과 국간장을 넣어서 팔팔 끓인다.

3. 표고버섯〉어묵〉우동 사리를 넣고 다시 팔팔 끓으면 고추와 대파, 쑥갓을 넣고 모자란 간은 소금으로 한다.

4. 먹기 직전에 가츠오부시를 적당량 얹어 먹는다.

고정관념을 깨다, 빨간 자장면

이삿날은 자장면을 먹게 된다. 복잡하고 어수선한 때에 간단하게 먹을 수 있는 배달 음식이라서 그런 것인지 몰라도 아무튼 이삿짐을 싸면 으레 자장면이 떠오른다.

작은딸이 원래 살던 곳에서 학교 가까운 곳으로 이사를 하는 날이었다. 여자 아이 혼자 살던 살림이지만 사람이 한동안 머물던 자리를 옮기는 일은 생각보다 쉽지 않았다. 도대체 이 많은 물건들이 어떻게 이 작은 집 안에 있었는지 신기할 따름이었다.

언젠가 스치듯이 가진 것이 너무 많으니 미니멀한 삶을 살자고 했던 사람의 말이 생각났다.

진정으로 원하는 것 단 하나만 가질 수 있다면 그럴 수도 있겠다 싶었다. 하지만 진정으로 원하는 것을 가질 수 없어서 비어있는 마음에도, 공간에도 사람으로 물건으로 채우고 싶은 건지도 모르겠다.

그러면서도 내가 진정으로 원하는 단 하나가 무엇인지 조차 모르고 살 때도 있다.

이삿짐을 다 정리하기도 전에 지쳐 쓰러질 것 같았다. 체력이 예전 같지 않아서인지 손가락 하나 까딱할 힘도 없었다. 그래서 이사한 날은 배달음식을 먹게 되는 모양이다. 자장면을 주문하고 기다리는 동안 언젠가 큰딸이 빨간 자장면을 먹고 싶다고 해서 만들어 준 기억이 났다.

'집밥 백선생'이라는 음식 프로그램을 보고 평소에도 매운 음식을 좋아하던 딸은 매콤한 빨간 자장면이 먹고 싶다며 노래를 불러 도전해보았다.

일반적인 자장면은 기름에 춘장을 넣고 튀기는데, 빨간 자장은 춘장 대신 두반장을 넣고 튀기듯이 끓여준다. 더 매콤한 맛을 위해 청양고추와 고춧가루를 첨가해서 두반장 소스가 걸쭉해지면 기름을 분리했다. 기름을 끓이면서 얼마나 재채기를 해댔는지 모른다. 기름이 열에 산화되면서 나는 냄새와 연기에 녹아나는 매운 향이 콧속을 헤집고 들어와 재채기가 그칠 줄을 몰랐다.

그렇게 소스를 준비하고 팬에 기름을 두른 후 파 기름을 내서 썰어놓은 돼지고기 양파 호박 양배추를 차례대로 볶아준다. 재료가 다 익으면 설탕과 두반장 소스를 넣어 다시 볶다가 전분을 조금씩 넣어가며 농도를 맞춘다.

생면을 찬물에 씻어 끓는 물에 넣어 익힌 다음 다시 한 번 찬물에 씻은 다음 채에 걸러 물기를 빼놓는다. 면을 그릇에 담아내고 두반장 빨간 자장 소스를 얹어주면 빨간 자장면이 완성된다.

이미 온 집안에 가득한 맛있는 기름 냄새로 큰딸은 맛에 대한 기대감에 부풀어 있었다. 한 입 먹어보는 딸에게서 눈을 떼지 못하고 숨죽여 반응을 기다렸다. 까다로운 음식을 만들어준 엄마에게 감사라도 하듯이 아주 맛있다는 환호와 함께 자장면 파는 가게늘은 이제 문을 다 닫아야겠다고 호들갑을 떨었다.

먹다 남은 소고기를 넣은 고추장 볶음을 두반장 소스에 조금 넣어봤다. 볶아지면서 흔적이 사라지기는 했지만 미세하게 남아있는 소고기의 고소함이 돼지고기와 함께 씹히는 맛에 무게감을 더해줘 깊고 묵직한 맛이 났다. 청양고추와 매운 고춧가루를 더 첨가했더니 입안이 불 난 것처럼 뜨겁지만, 자꾸 손이 가는 매운맛으로 변신했다.

그때처럼 손수 만들어 줄 수 없어서 이삿짐을 한쪽으로 밀어놓고 배달 온 자장면을 먹었다. 딸의 입가에 묻은 자장면을 닦아 주면서 그때나 지금이나 내게는 아직 어리기만 한 아이들과 함께 있어서 감사했다. 두 딸이 내 곁에서 웃으며 맛있게 먹는 모습을 보니 정리가 한참 남은 이삿짐 때문에 심란했던 마음을 잠시 잊을 수 있었다.

우리는 짜장면 한 그릇에 지난 기억을 끄집어내서 추억하며 웃었고, 다시 또 하나의 추억을 더 했다. 그리고 오늘의 기억을 추억하며 함께 웃고 있을 것이다.

빨간 자장면(1인분 기준)

주재료 우동사리 1개, 감자 1개, 애호박 1/4개, 당근 1/5개, 양파 1/2개, 돼지고기 80g, 대파 흰 부분 10cm

자장소스 두반장 1T, 고추기름 2T, 설탕 1T, 다진 마늘 1t, 물 전분(전분 1T : 물 1T), 간장 1T, 청주 1T, 물 2/3C

1. 우동사리는 뜨거운 물에 데쳐서 물기 빼놓는다.
2. 고기는 깍둑썰기한다.
3. 고추기름 1T에 다진 마늘과 대파를 볶은 다음 고기를 넣어 볶는다.
4. 두반장, 간장, 청주, 채소(감자, 애호박, 당근, 양파)를 넣고, 양파가 투명해 질 때까지 볶는다.
5. 물〉설탕〉고춧가루〉고추기름(1T)을 넣는다.
6. 물을 졸인 다음 다음 물 전분을 넣어 농도 조절을 한다.
7. 접시에 면을 담고 빨간 자장 소스를 얹는다.

일요일의 브런치, 에그 베네딕트

일요일이다. 늦잠을 늘어지게 자고 일어났다. 세 아이는 아직 일어날 줄을 모른다. 오랜만에 세 아이가 다 함께 있는 일요일이라 매일 먹는 집밥이 아닌 뭔가 특별한 음식을 준비해주고 싶었다.

카페에서 사 먹기만 했던 에그 베네딕트를 직접 만들어 보고 싶었다. 에그 베네딕트는 구운 잉글리시 머핀에 햄이나 베이컨 수란을 얹고 홀렌다이즈 소스를 뿌린 미국 샌드위치의 한 종류이다.

에그 베네딕트는 수란 만들기가 관건이다.

작은 냄비에 물을 반쯤 붓고 물을 끓여준다. 물이 끓으면 불을 줄인 다음 소금, 식초를 1스푼씩 넣고 잘 섞어준다. 그런 다음 냄비의 물을 동그랗게 저어주며 회오리를 만든다. 그 후, 깨뜨려 놓은 달걀을 회오리 가운데 넣고 천천히 흰자를 익혀준다.

흰자가 익으면 물에서 건진다.

수란 만들기는 생각보다 쉽지 않다. 흰자가 자꾸 터지거나, 노른자까지 너무 익어버리거나, 흰자가 풀어져서 예쁜 모양이 되지 않았다.

처음으로 수란을 만들었던 그 날, 나는 10개들이 달걀을 사서 거의 다 쓰고도 모자라 냉장고에 남아 있던 나머지 달걀까지 다 쓴 후에야 겨우 몇 개의 수란을 어설프게 흉내라도 낼 수 있었다.

준비해둔 잉글리시 머핀에 겨자 소스와 홀렌다이즈 소스를 바르고 익힌 시금치, 토마토, 베이컨, 햄을 올려준다. 마지막으로 수란을 얹어 허브 가루를 뿌려 접시에 예쁘게 담아내면 완성된다.

일요일의 특별한 브런치 상차림을 해놓고 아이들을 식탁으로 모이게 했다. 특별하고 푸짐한 데다 이름까지 생소한 에그 베네딕트를 한입씩 먹은 아이들은 탄성을 질렀다.

빵과 채소와 햄과 베이컨이 한데 어우러지고, 그 위로 흘러내린 달걀의 노른자가 부드러움은 잠기운을 몰아내기에 충분했다. 우리 아이들은 맛 평가도 예리하다. 수란을 그저 반숙이라고 치부하는 아들 녀석에게 수란을 만들기 위한 엄마의 각고의 노력과 희생된 달걀의 잔해를 보여주었다. 나는 그 두 가지의 차이점을 침 튀겨가며 자세하게 설명해주었다. 말이 끝나자

아들은 엄지손을 치켜들었다.

언젠가 이 아이들이 부모가 되면 자신의 아이들에게 맛있는 음식을 먹이는 것이 얼마나 행복한 일인지 알게 되는 날이 올 것이다.

에그 베네딕트

주재료 잉글리시 머핀 2개, 베이컨 2줄, 계란 4개, 시금치 5~6장, 치즈 2장, 방울토마토

홀렌다이즈 소스 버터 100g, 계란 1개, 레몬즙 1T, 소금, 후추

1. 수란 만들기(본문 글 참조)
2. 계란 노른자와 버터를 중탕한 뒤에 레몬즙을 넣어 소금, 후추로 간을 해서 홀렌다이즈 소스를 만든다.(시판용 홀렌다이즈 소스 사용 가능)
3. 잉글리시 머핀을 반으로 잘라서 버터에 굽는다.
4. 베이컨 반으로 잘라서 바짝 굽는다.
5. 시금치는 올리브오일을 둘러 소금, 후추로 간을 해서 살짝 익힌다.
6. 빵〉치즈〉베이컨〉시금치〉수란을 순서대로 올리고 홀렌다이즈 소스를 뿌려준다.
7. 토마토는 가니쉬로 사용한다.

밥 위에 얹어진 일품요리,
유산슬 덮밥과 스테이크 덮밥

설 명절 연휴가 끝나고 비가 부슬부슬 오던 날 자장면이 먹고 싶다는 우리 아이들과 어린 조카를 데리고 중식당에 갔다. 메뉴를 들여다보다가 사람은 눈과 귀에 익숙한 것을 편안하게 느낀다는 생각을 했다. 그때는 한참 티브이에서 개그맨 유재석이 유산슬이라는 예명으로 가수 활동을 활발하게 하고 있었다. 그런 이유 때문이었는지 우리는 다른 요리와 함께 유산슬을 주문했다. 그때 조카가 "이모 유산슬을 왜 먹어? 이게 왜 유산슬이야? 유산슬은 가수 이름이야"한다. 나는 놀란 눈으로 묻는 어린 조카의 해맑은 얼굴을 보고 웃지 않을 수 없었다. 뭐라고 설명해줘야 할지 몰라 설명하기는 했지만 어린 조카가 이해했는지는 알 수 없다. 당분간 어린 조카에게 유산슬은 노래하는 유재석의 이름으로 기억될 것이다.

언제 어디서 음식을 먹든 엄마가 만들어준 음식과 비교를 하는 일이 일상의 습관처럼 되어버린 우리 아이들은 아니나 다를까 내가 만든 유산슬이 더 맛있다며 한마디씩 거들었다. 어떤 음식이든 집에서 만든 엄마의 음식만큼 맛있는 음식은 없을 거라며.

덮밥은 별다른 반찬 없이도 든든하게 한 끼를 해결할 수 있다. 그래서 반찬이 없거나 간단히 한 끼 해결하고 싶을 때 종종 덮밥을 만들곤 한다. 유산슬을 덮밥으로 활용해서 만들어 예쁘게 담아주면 식탁 위를 훌륭한 중식당으로 변신시킬 수 있다.

팬에 기름을 두른 다음 밑간한 소고기 우둔살을 젓가락으로 저으며 익히다가 끓인 소스를 부은 다음 채소를 넣어 익힌 후, 대파를 넣는다.

고기와 대파가 기름에 볶아지면서 나는 냄새가 흔히 말하는 중국요리집의 불 맛에 비할 바가 아니다.

전복 소스와 중국 수프로 간을 해서 전분으로 농도를 맞춘다. 전분으로 덮밥 특유의 걸쭉한 맛을 내어 마지막에 참기름을 넣어 준다. 참기름의 고소한 맛이 소스에서 희미하게 풍겨 나오는 생강 향과 더해져 침샘을 자극해 식욕을 확 끌어 올린다.

전복을 졸여서 만든 전복 소스와 육수에 향신료를 가미해 농축시켜놓은 중국 수프가 유산슬의 풍미를 훨씬 깊고 진하게 만든다. 중국 수프에 농축된 옅은 향신료의 맛에서 중국요리의 맛과 향이 느껴진다. 음식에서 나는 냄새는 낯선 어딘가를 떠올리게 한다. 중국여행을 하면서도 유산슬을 먹어보지는 못했지만 어딘지 모르게 소스에 남아 있는 눅진한 간장의 맛과 향이 중국의 맛은 아닐까 생각해 본다.

스테이크 덮밥도 특별한 날 집에서도 간단히 만들어 먹을 수 있는 메뉴이다. 고급 레스토랑 못지않은 맛과 분위기를 한꺼번에 즐길 수 있어서 세 아이가 모두 좋아하는 최고 메뉴 중 하나이다. 요리법도 간단하고 맛은 물론 영양과 함께 든든한 한 끼 식사로도 손색이 없다.

안심은 소금 후추로 밑간해서 구워 놓고, 소스도 분량대로 끓여 놓는다. 양파는 채를 썰어서 얼음물에 담갔다가 건져놓고,

깻잎도 가늘게 채를 썰어 놓는다. 기름 소스(기름)에 마늘을 볶아 건져놓고 그 기름에 밥을 볶아서 큰 접시에 담는다. 깻잎, 볶은 마늘, 안심스테이크, 양파, 소스를 순서대로 얹고 마지막에 깻잎을 올려준다. 부드러운 맛을 원하면 달걀 노른자를 곁들여도 좋다.

스테이크 덮밥의 기본 소스는 한꺼번에 많은 양을 만들어 냉동 보관해 두고 먹어도 좋다. 우스터소스에 더해진 토마토케첩의 단맛과 과일과 채소로 끓여 만든 맛간장의 단맛이 기름에 볶은 밥에 비벼지면 냄새만으로도 군침을 돌게 한다.

얼음물에 담갔던 양파는 매운맛이 빠져서 아삭거리며 고기의 느끼함을 잡아준다. 채 썬 깻잎이 소스에 적셔져서 그 특유의 향과 식감이 고기와 함께 씹을수록 제 맛을 내준다. 먹성 좋은 아들은 남은 소스에 밥을 비벼서 잘 익은 김치를 척 얹어 먹으면서도 두어 그릇은 거뜬히 해치워버린다.

이 요리는 고기와 채소가 함께 씹히는 맛에 소스의 단맛이 어우러져 호불호 없이 즐길 수 있다. 언젠가 퓨전 레스토랑에 가서 큰딸과 함께 스테이크 덮밥을 먹은 적이 있었다. 은연중에 집에서 내가 만든 스테이크 덮밥과 비교해보고 싶었다. 예상한 결과였지만 내가 만든 스테이크 덮밥이 압승이었다. 비싼 값을 주고 먹긴 했지만, 딸아이의 칭찬 덕분에 돈이 아깝지 않았다.

유산슬 덮밥

주재료　소고기우둔살 100g, 맛간장 2t, 미림 1/2t, 설탕 1/3t, 후추, 전분 1T, 기름 1T, 피망 1개, 팽이버섯 1봉지, 생 표고버섯 20g, 대파 1대

소스재료　물 2C, 전복 소스 2t, 간장 1/2t, 중국 수프 1t, 전분 2T, 참기름 1T

1. 소고기 우둔살을 맛간장, 미림, 설탕, 후추, 전분, 기름으로 밑간 한다.
2. 피망, 팽이버섯, 생 표고버섯, 대파는 채썰기 한다.
3. 팬에 오일(2T)을 두르고 기름 온도가 오르면 불을 끈다.
4. 밑간된 고기를 넣고 젓가락으로 저으면서 익힌다.
5. 소스재료를 모두 넣고 저으면서 끓인다.
6. 소스가 끓으면 익힌 고기를 넣는다.
7. 2.의 채썰어 놓은 야채를 넣어 익으면 대파를 넣는다.
8. 접시에 밥을 담고 소스를 끼얹어 먹는다.

스테이크 덮밥(2인분)

주재료　안심 1개, 마늘 3개, 양파 1/2, 깻잎 2묶음, 볶음용 밥,

소스재료　맛간장 2T, 우스터소스 2T, 토마토케첩 5T

1. 안심은 소금, 후추로 밑간해서 굽는다.
2. 마늘은 얇게 썰어서 기름에 볶아 건져둔다.
3. 양파는 슬라이스해서 얼음물에 30분 담갔다가 물기를 뺀다.
4. 깻잎 2묶음을 5mm 너비로 채 썬다.
5. 오일 소스 3T에 밥을 볶는다.
6. 볶은 밥을 큰 접시에 담고〉볶은 마늘〉안심스테이크〉양파를 순서대로 얹은 다음 소스를 뿌리고 마지막에 깻잎을 올려 비벼 먹는다.(달걀 노른자를 밥 위에 올려 주면 좀 더 부드러운 맛을 느낄 수 있다.)

맛간장 양조간장 2L, 야채물 1C, 설탕 1kg, 끓으면 미림 1, 1/2C, 정종 1컵을 넣고 끓으면 불을 끄고, 사과 1개, 레몬 1개를 씻은 후 물기 제거 후 얇게 썰어서 간장에 넣고 그대로 하룻밤 재운 후 사과와 레몬은 건져낸다. 맛간장은 냉장 보관한다.

야채물 생강 20g, 마늘 30g, 통후추 1T, 양파 썰어서 200g, 당근 50g, 물 2C, 정종 1/2C, 끓으면 뚜껑 열고 약한 불에서 20분 동안 1C으로 졸인다.

오일소스 엑스트라 버진 3C, 마늘 5개 편썰기, 마른 고추 4개(잘라서)를 약한 불에 졸인 다음 걸러낸다.

자투리 소고기의 변신,
소고기 버섯초밥과 소고기 카레우동

어느 날, 냉장고 문을 열어보니 전날 밤 구워 먹고 남은 소고기와 버섯이 있었다. 다시 구워 먹기에는 고기의 양이 애매해서 소고기 버섯 초밥을 하기로 했다.

검정 찹쌀을 넣어 고슬고슬하게 밥을 지은 다음 소금, 후춧가루, 식초, 참기름으로 밑간한다. 버섯과 소고기는 적당한 크기로 잘라 소금 후추로 밑간을 해서 미리 구워 놓는다. 밑간된 밥을 한입 크기로 모양을 만든다. 버섯과 소고기를 차례로 밥 위에 얹어준다.

소고기의 느끼함을 밥에 밴 식초가 감칠맛으로 바꿔준다. 구운 소고기를 불에 슬쩍 한번 그슬려 줬더니 고기에 불 맛이 배었다. 여기에 구운 버섯의 쫀득함이 더해진 식감이 고기와는 다른 맛을 덤으로 얹어준다. 일식당에서 먹었던 소고기 초밥에 절대 뒤지지 않는다. 고기를 양념된 밥과 버섯과 함께 먹으니 깊은 맛이 전해져 이 역시 간단하게 든든한 한 끼로도 전혀 손색이 없다.

면 요리를 좋아하는 아이들 덕분에 집에는 각종 면이 종류별로 갖춰져 있다. 종류뿐 아니라 각각의 취향에 맞는 굵기의 면들까지 합치면 여느 식당의 주방 부럽지 않다.

얼마 전에는 영화 기생충에 나오는 짜파구리를 해먹었다. 물의 양이 문제였는지, 수프의 배합이 문제였는지 너무 짜서 다 먹지도 못하고 물만 실컷 들이켰다. 제대로 먹지 못한 아쉬움이 남아 다른 것을 만들어 먹어야 직성이 풀릴 듯해 우동을 끓여 먹기로 하고 냉장고를 살펴보았다.

우동 면이 있었고, 먹다 남은 소고기가 있었다. 일단 다시마와 양파, 말린 표고버섯을 넣고 육수를 끓였다. 우동 면은 살짝 데쳐 물에 헹궈 물기를 빼놓는다. 그 사이 먹기 좋은 크기로 썬 소고기에 소금, 후추로 밑간을 했다. 간이 밸 무렵, 팬에 올리브유를 살짝 발라 소고기를 굽는다.

끓는 육수에 카레가루를 풀어 넣고 우동 면을 넣어 끓인다. 다진 마늘을 조금 넣으면 풍미가 깊어진다. 우동 면이 다 익으면 그릇에 옮겨 담고, 그 위에 구운 소고기와 채 썬 깻잎을 고명으로 얹어준다.

우동은 뜨거울 때 먹어야 제맛이다. 먹다가 입천장이 홀랑 벗겨져도 따가운 줄 모를 정도로. 뜨거운 우동 국물이 면과 함께 후루룩 입안으로 달려 들어오면 카레의 맛과 향이 목구멍에 턱 걸린다. 뜨겁고 알싸한 맛이 코끝에 스치면 재채기가 나올 것 같다. 짜파구리의 아쉬움을 잊어버리고도 남을 맛이다.

잘 구워진 소고기가 면과 함께 씹히는 맛이 일품이다. 깻잎은 카레의 강한 향기 속에서도 제 향기를 뿜어낸다. 우동에 소고기까지 먹으니 간식이 아닌 든든한 한 끼 식사가 되었다.

치킨을 할 때도 우동을 먹을 때도 들어가는 카레의 맛을 좋아하면서도 정작 카레라이스를 먹을 때는 카레가루를 넣어 만들면 못 먹겠다고 하는 것은 무슨 이유인지 모르겠다.

카레 우동을 맛있게 먹고 흥이 올랐는지 갑자기 콧노래를 부르는 아들의 익살은 또 무엇인지 모르겠다. 맛있는 음식을 먹고 나면 저절로 기분이 좋아지는 단순 명료한 사실은 어느 누구도 아닌 우리 아들을 보면 알 수 있다.

'그래 엄마도 언젠가는 인도 여행 갈 거야'했더니 뜬금없다며 웃는다.

나도 따라 웃어본다. 이날의 맛과 웃음은 노란 카레 향 같았다.

알싸하면서 개운했다.

소고기 버섯초밥

주재료 밥 2인분, 소고기 300g(구이용), 무순, 양파 1/2개
단촛물 비율 식초 1.5 : 설탕 1 : 소금 0.5

1. 밥을 새로 할 때는 다시마를 넣어 평소보다 고슬고슬하게 짓는다.
2. 단촛물을 전자레인지에 30초 정도 돌려서 녹여준다.
3. 양파는 얇게 채 썰어서 얼음물에 담갔다가 건져 놓는다.
4. 소고기를 올리브오일, 소금, 후추로 밑간 후 구워서 먹기 좋은 크기로 자른다.
5. 밥에 단촛물을 양조절해가면서 넣어 섞는다.
6. 밥을 초밥 모양으로 만들어 소고기를 올려주고, 양파와 무순을 같이 올려서 먹는다.

소고기 카레우동

주재료 우동면, 카레가루, 소고기와 야채

1. 우동과 같은 방식으로 끓인 다음 카레가루를 기호대로 분량 조절해서 풀어 넣은 후 구운 고기와 깻잎을 고명으로 얹어 먹는다.

쓰린 속을 달래주는, 북어 콩나물 해장국

모든 주부의 작지만 큰 고민 중 하나가 밥상 메뉴이다. 그저 특별할 것도 없어 보이는 밥상이지만 매번 차릴 때마다 고민이 되는 것은 어쩔 수 없다.

식탁 위에 빠지지 않는 음식 중 하나는 국이다. 지금껏 제일 많이 끓인 국을 꼽으라면 당연하게도 온갖 종류의 해장국이다. 웃어야 할지 말아야 할지 모를 때 웃프다는 말을 쓰던데 그 말이 왠지 잘 어울린다. 어떤 때는 매일 무슨 국을 끓일까 고민하는 일을 덜어져서 오히려 고맙기도 하다. 정말 웃프다.

대학생이 된 큰딸 아이는 아주 자연스럽게 어른들이 할 수 있는 모든 것들을 누릴 수 있게 되었다. 대학생의 음주 문화가 우리 딸에게도 시작되었다. 평소 우스갯소리처럼 엄마를 닮았으면 술을 못 마시겠거니 했다.

그러던 어느 날, 늦은 귀가에 잔소리를 한바탕 쏟아 붓기도 전에 술 냄새가 먼저 풀풀 났다. 처음으로 딸이 그렇게 집에 돌아온 날 뭐라고 말할 수 없는 기분이 들어 더 이상 다그칠 수도 없었다. '이제 이렇게 어른이 되어가는 구나. "마냥 어리기만 한 내 딸이 이렇게 세상을 알아가는 구나." 내 품에서 벗어나서 세상으로 나가는 구나.' 세상을 알아가며 부딪히게 되는 모든 일들이 저 아이를 많이 아프게 하지 않았으면 좋겠다며 온갖 생각으로 오지 않을 잠을 청했다.

금세 쓰러져 잠든 딸은 그런 엄마의 마음을 알 턱이 없었다.

뒤척이다 일어나 '나는 오늘도 해장국을 끓여야겠구나'싶었다. 이제는 어리던 딸이 커서 음주를 할 수 있는 나이가 되었고, 엄마인 나는 그런 딸을 위해 해장국을 끓이고 있으니 뭔가 묘하고 쏩쓸한 기분마저 들었다. 마냥 해맑게 웃는 어린아이로만 내 곁에 있을 수 없다는 것을 알면서도 뭔가 아끼던 것을 내어준 것 같은 아쉬움이 엄마인 내게 남았다. 지난밤부터 이른 아침까지 따라 붙은 상념들을 뒤로 물리고 해장국이나 맛있게 끓여줘야겠다며 유독 더 부산스럽게 손을 놀렸다.

냄비에 참기름을 두르고 북어를 달달 볶아주면 뜨거워진 참기름이 북어 속으로 스며든다. 준비해둔 육수를 붓고, 육수가 끓기 시작하면 시원한 맛을 더해 줄 무를 넣는다. 조금 더 끓이다 콩나물과 마늘을 넣은 후, 조선간장과 굵은 소금으로 간을 해준다. 먹기 직전에 다진 파를 올리고 참기름을 한 방울 떨어뜨려 고소한 맛을 더해준다.

숙취로 깊은 잠을 자고 일어난 딸에게 저를 위해 해장국을 끓인 엄마의 기분을 이야기해주었더니 싱긋 웃어 보였다. 늘 먹던 국을 해장국으로 먹으니 시원하고 맛있다며 술이 확 깨는 것 같다고 했다.

엄마의 해장국을 먹고 쓰린 속을 달래는 딸을 보며 세상을 알아가며 속이 쓰리고 아파질 날도 머지않았구나 싶어 혼잣말을 했다. 그것이 무슨 일이든 달래질 수 있을 정도로만 쓰릴 수 있기를. 엄마의 음식을 먹고 쓰린 속을 달랬던 시간을 떠올려 의연하게 세상을 살아나가 주기를.

딸 걱정에 잠 못 이루던 밤의 상념이 줄줄이 또 늘어지고 있었다.

북어 콩나물 해장국

주재료 기본 육수 3C, 콩나물 100g, 북어포 50g, 표고버섯 1개, 무 조금, 대파 or 쪽파 1개, 청양고추 1개, 홍고추 1개, 다진 마늘 1T, 국간장 1T

1. 북어포를 먹기 좋게 잘게 찢어 참기름에 볶는다.
2. 육수를 붓고 한소끔 끓여준다.
3. 콩나물과 무, 채 썬 표고버섯을 넣어서 끓인다.
4. 고추를 넣어 한 번 더 팔팔 끓인다.(굵은소금으로 간 조절)

마음에 내린 비, 해물 수제비

일기예보에서 장맛비가 온다고 하더니 오후가 되니 어김없이 비 오는 소리가 들려온다. 빗물이 배수되지 않는 아스팔트 바닥에 내려앉아 어디로든 흘러가지 못하고 출렁거리는 것처럼 가슴에 내려앉아 출렁거린다. 제멋대로 오다 말다 하는 비처럼 움직일 때마다 몸 안에서 출렁거리는 소리가 나는 것 같다.

빗물에다 손을 적셔서 밀가루 반죽을 했다. 출렁이는 마음을 거기다 다 쏟아 부었다.

마른 손에는 잡히지 않던 하얀 밀가루처럼 잡히지 않던 상념이 이내 함께 뭉쳐져 덩어리졌다.

빗소리에 애틋해진 마음을 하얀 밀가루 반죽에 넣어서 있는 힘껏 쉴 새 없이 치댔다. 땀방울이 한없이 흐르는 동안은 잠시라도 잊어버릴 수 있었다.

그러는 동안 가스불 위에서 시원한 맛을 더해줄 육수가 끓고 있었다.

부엌 창틀 위로 둔탁하게 떨어지는 빗소리가 보글보글 끓고 있는 육수 속으로 곤두박질치고 있다. 얼른 수제비를 떼어 넣는다. 수제비를 떼어 넣을 때마다 끓어오르는 열기에 손이 뜨거워져 저절로 속도가 빨라진다. 수제비가 익어서 둥둥 떠오르면 양파, 대파, 버섯 등을 넣어 끓인다.

가끔, 먹기 위해 음식을 하는 것이 아니라, 음식을 만들어 내는 동안 나를 위로하기 위해 부엌에 들어서기도 한다. 그럴 때는 수고를 들였음에도 이렇게 간단했었나 싶을 정도로 쉽게 끝나 버릴 때가 있다.

비 오는 날의 습기와 냄비에서 끓고 있는 수제비에서 나오는 열기가 집안에 꽉 들어차서 맨살에 밀가루 반죽처럼 들러붙었다가 흘러내렸다.

해물로 우려낸 국물부터 후루룩 마시는 순간 비에 젖은 눅눅함은 온데간데없이 사라진다. 푸른 바다의 시원한 바람으로 잘 말려지는 것 같았다.

몸 안에서 출렁이던 소리는 어느새 바다의 시원한 파도 소리로 바뀌었다. 수제비는 송곳처럼 날카롭게 솟았던 마음을 한결 부드럽게 가라앉혀 주었다. 완성될 음식만을 생각하며 몰입하는 순간은 마음이 편안하다. 비 오는 날 해물 수제비 한 그릇을 만들어 내는 동안 마음에 내리던 장맛비도 그쳤다.

햇볕이 쨍하게 내리쬐는 날에 상념이 찾아오면 어떤 음식으로 애틋해진 나를 위로하면 좋을까. 내 음식에는 항상 그리운 사람이 담겨 있으므로 내 마음에 담긴 그리움을 내어놓을 음식을 늘 준비하고 있어야겠지.

언제 어느 때 나를 찾으면 여간해서는 식지 않을 마음을 함께 담아 내어 놓을 수 있도록 말이다.

동네 어귀에 서서 골목 끝을 바라보고 서있던 등이 굽은 할머니의 모습이 담긴 사진처럼 내 모습도 그러할 거라 생각한다. 그리운 마음을 한알한알 꿰어서 문밖에다 걸어 놓으면 혹여 당신이 올지도 모른다. 아니면 비라도 오겠지.

그러면 나는 다시 반죽에 물을 붓고 지칠 때까지 치대고 나서 체념하게 될지도 모른다.

해물 수제비

주재료 기본육수 20C(육수는 해산물 양에 따라 여유 있게 준비한다.), 매실청 2T, 해산물(꽃게 한 마리, 새우, 조갯살, 낙지, 오징어 등 기호대로), 표고버섯 2개, 애호박 1/2개, 감자 2개, 다진 마늘 1T, 대파 1대, 청홍고추 1개, 청양고추 1개, 양파 1/2개
반죽재료 밀가루 5C, 달걀 1개, 소금 1T, 식용유 2T, 물 1C

1. 반죽을 섞어 여러 번 치대면서 공기를 뺀 후 비닐에 싸서 2시간

냉장 숙성.

2. 육수가 끓으면 손질된 해산물과 매실청을 넣어준다.

3. 냉장 숙성된 수제비 반죽에 물을 묻혀 가며 늘려서 얇게 뜯어 넣는다.

4. 감자와 애호박, 표고버섯, 양파, 간마늘을 넣고 끓인다.

5. 수제비가 익으면 대파와 고추를 넣고 끓여서 완성한다.(소금으로 간한다.)

부드러운 한 입, 북어죽

온종일 내리던 비가 저녁의 식박 너머로 자취를 삼추고 나니 회색 구름 사이로 내민 하늘이 산뜻한 초사흘 달처럼 훤하다.

점점 어두워져 가는 하늘을 보며 사거리 신호등 앞에서 있었다.

등 뒤로는 휴대전화 매장에서 흘러나오는 낯익은 슬픈 노랫말이 저물어가는 저녁노을을 한층 더 애처롭게 하고 있었다.

집으로 향하는 사람들은 발걸음을 서둘고, 불이 켜진 높다란 건물들 사이로 불어오는 바람이 여행을 떠나온 것 같은 기분이 들게 했다.

이사를 와서 조금은 익숙해질 무렵까지도 매일 다니는 길을 건너오면서 여행자의 기분이 드는 것은 아직 이곳에 마음을 다 내어주지 않아서 일 것이다.

골목길로 들어서니 맞은편 골목 끝에 걸쳐진 저녁이 밤으로 가는 잿빛 어두운 구름을 타고 사람들의 집 안으로 숨어들고 있었다.

큰 병이 한번 지나고 나니 아무리 해도 아프기 이전의 몸 상태로 되돌려지지는 않았다. 사람이나 물건이나 쓰면 쓰는 대로 낡아지고 닳아지는 것이 인지상정이지만 갑자기 들이닥친 병 때문에 한꺼번에 많은 것이 몸에서 빠져나가 버린 느낌이 드는 것은 어쩔 수 없었다. 그래서 자주 감기몸살처럼 온몸이 으슬으슬하고 아파진다. 몸보다는 마음의 기력이 더 쇄한 것인지도 모른다.

내가 초등학교 2학년 때쯤인가 몹시 아파서 학교도 못 나가고 한동안 집에만 있었던 적이 있었다. 지금도 그렇지만 그때도 아프면 먼저 목이 붓고 목소리가 갈라져 마른기침을 한다. 그래서 음식을 잘 삼킬 수가 없는 지경이 되면 할머니는 죽을 끓여 주셨다.

평소에 할아버지도 잣을 듬뿍 갈아서 불린 찹쌀과 함께 끓인 죽을 자주 드셨다. 할아버지께서 드실 때는 다른 일로 바쁜 할머니를 대신해서 주로 내가 불 옆에 앉아서 저어가며 한 입씩 떠먹어 보곤 했다. 뜨거운 죽이 입술에 달라붙으면 화들짝 놀라기도 하지만 어찌나 고소한지 그것도 잠시 잊어버린다.

아플 때는 할아버지가 드시던 잣죽이 통째로 내 차지가 되었다. 할머니는 뜨거운 잣죽이 채 식기도 전에 호호 불어서 푹 삭아 신맛이 나는 깍두기 김치를 얹어서 떠먹여 주셨다. 할머니 품에서 호사를 누리고 있으니 아파도 좋았다. 지금도 몸이 마음이 아프면 그 시간이 떠오른다. 나를 진심으로 아끼고 걱정하는 사람이 곁에 있다는 사실이 어떤 약보다 효능 좋은 만병통치약이 되었다. 그래서 갑자기 찾아온 아픔 앞에서도 웃을 수 있었고 아파도 괜찮다고 생각했다.

어린 시절에는 엄마를 대신한 할머니가 늘 곁에 있어서 괜찮았다.

"내 새끼 아프지 말아야지"하시며 걱정을 하시던 할머니의 마음은 내가 엄마가 되고 나서 아이들이 아플 때가 돼서야 온전히 알 수 있었다.

말도 제대로 못하는 아기였을 때는 감기라도 걸려서 밤새 열이 나고 보채고 울면 어찌할 바를 몰라 차라리 내가 대신 아팠으면 했다.

중학생이 된 큰딸은 장염에 자주 걸렸다. 학교 급식을 제대로 못 먹는 딸이 안타까워 거의 매일 죽을 싸들고 학교에 갔다. 따뜻한 죽을 먹이려고 점심시간이 되면 교실 앞에서 기다리고 있다가 건네주고 왔다. 죽의 종류를 바꿔가며 장염이 다 나을 때까지 한동안 그렇게 했다. 사춘기로 접어들던 무렵이라 예민해진 마음 때문에 몸도 자주 아팠던 것 같다. 무엇으로도 사춘기 딸의 마음을 달랠 수 없는 나는 그저 매일 부드러운 죽을 끓여서 먹일 뿐이었다. 마음까지는 다 몰라도 빈속이라도 부드럽게 달래지라고.

지금도 가끔 죽을 끓여야 할 때는 해장용으로 항상 준비된 북어를 이용해서 북어죽을 끓인다. 일단 북어를 믹서기에 넣고 갈아준다. 질기고 뻣뻣해 보이던 마른 북어는 어느 새 고운 보푸라기로 변신한다. 어찌나 고운지 풀풀 날아갈까 봐 꽉 붙들고 있다.

냄비에 참기름을 두르고 북어 보푸라기를 볶다가 다시마 육수나 물을 붓고 불린 쌀을 넣어서 채소와 버섯등을 함께 끓여주기만 하면 된다. 고명으로 쪽파를 얹어서 먹기도 하고, 불린 쌀이 없을 때는 식은 밥을 살짝 볶아준 다음에 함께 끓여줘도 된다.

곱게 갈아서 볶은 북어는 뜨겁게 끓이면 더 부드러워져서 먹기 좋다. 이름도 생소하기도 한 북어죽을 무슨 맛으로 먹겠나 싶지만 그 맛이 전복죽이나 소고기죽에 뒤지지 않는다. 참기름의 고소함이 북어의 잡냄새를 없애주고, 예민해진 장을 부드럽게 가라앉혀 편안하게 한다.

몸이 마음이 아파서 힘을 잃을 때면 입맛도 잃어 혼자서 죽을 사먹고 견딘다. 할머니도 그랬다. 돌아가시는 순간까지 아파서 누워 계시면서도 다른 가족들 걱정으로 애를 태웠다. 엄마가 되고 부모가 된다는 것은 그런 것이었다.

아직 세상을 모르는 우리 아이들에게 아직도 세상을 다 모르는 내가 좋은 엄마가 되기 위해서 오늘의 아픔을 말하지 못했다. 오늘은 할머니가 아랫목에서 떠먹여 주시는 잣죽을 받아먹던 그날로 돌아가고 싶다.

북어죽

주재료 북어 40g, 참기름 2T, 중국스프 1t, 불린 쌀 1C, 물 8C, 소금 1t, 잣다짐 1T, 실파 3T, 달걀 1개

1. 북어를 커터기에 곱게 간다.
2. 냄비에 북어를 넣고 약불에 고루 섞어지면 참기름〉중국스프〉불린쌀〉물을 넣는다.
3. 끓으면 소금으로 간을 한 다음 잣다짐, 실파, 달걀을 얹어서 먹는다.

해물죽

주재료 오징어 100g, 조개관자 80g, 새우 80g(굴, 피조개 사용 가능), 물 4C, 중국스프 8g, 생강편 2개, 밥 250g, 참기름 2t

1. 해산물을 정종에 헹군다.
2. 밥에 참기름을 넣고 커터기에 갈아서 팬에 기름 없이 볶는다.
3. 팬에 물, 중국스프, 생강편을 끓인다. 끓으면 생강은 건져낸다.
4. 해물을 넣어서 익으면 건져낸다.
5. 밥을 넣고 끓으면 다시 해물을 넣고 끓인다.
6. 고명(파 다짐, 묵은 김치 꼭 짜서 잘게 썸)을 올려 먹는다.

스트레스를 날리는, 매운 어묵탕

자정이 가까워지고 있는 시간, 큰딸이 돌아올 시간이다.

초저녁부터 조용하던 부엌이 오히려 자정이 가까워져 오는 시간이 돼서야 분주해진다. 한참 잘 먹을 때라 학교에서 일찍 급식을 먹고 나면 집에 올 때 즈음에는 배가 고파서 기진맥진해서 온다.

큰딸이 고3 때는 거의 매일 밤 야식을 만들며 배고픈 딸을 기다렸다. 가끔 먹고 싶은 것이 생각나서 전화를 해주는 딸이 오히려 고맙기도 했다. 어느 날은 매운 음식을 좋아하는 딸이 맵고 국물이 있는 음식을 먹고 싶다고 했다. 마침 부산에 사는 사돈댁에서 보내주신 부산 어묵이 있었다. 어묵탕을 만들어야겠다 싶어 육수를 끓이고 어묵, 야채를 꺼내서 다듬고 씻었다. 연신 시계를 흘긋거리며 딸이 돌아올 시간은 얼마나 남았는지 확인하며 빠르게 손을 놀렸다. 자신을 위한 음식을 만들고 있을 엄마를 생각하며, 따뜻한 부엌에서 나는 맛있는 냄새를 생각하며 기운을 내서 돌아오고 있기를 바랐다.

펄펄 끓어오르는 육수에 손질해 놓은 어묵과 채소를 넣었다. 어묵과 채소는 끓고 있던 육수의 활기를 잠시 잦아들게 했다. 춤을 추는 불꽃 위에서 이내 어묵탕은 잃어버린 활기를 찾아 다시 끓어오르기 시작했다. 어묵이 통통하게 부풀어 오를 때쯤 얼른 매운 고춧가루를 듬뿍 풀어 주었다. 코에 훅 들어오는 매운 맛에 내 졸음도 확 달아났다. 문이 열리는 소리와 함께 들려오는 딸의 목소리가 어묵탕 안으로 들어가 함께 끓어 넘친다. 고춧가루를 듬뿍 넣은 것도 모자라 매운 고추 다짐을 넣어서 국물부터 후루룩후루룩 먹는 소리가 딸의 잃어버린 기운이 돌아오고 있는 소리 같았다

"살 것 같아."

맛있게 먹고 있는 딸을 바라보고 마주 앉아 있는 순간이 뜨겁고 매운 어묵탕 같았다. 너무 매우면 눈이 따가워서 눈물이 찔끔 날 때처럼 가슴 밑에서부터 목구멍이 뜨거워졌다.

지쳐서 기운 없이 돌아온 딸이 매운 어묵탕을 맛있게 먹고 잃어버린 기운을 찾아 다음 날은 힘찬 발걸음으로 집을 나서기를 바랐다. 늦은 밤 엄마의 수고는 수고가 아닌 기쁨이며 보람이었다는 것을, 무엇이라도 해주고 싶은 엄마의 마음을 내어주는 일이었다는 것을 알게 될 것이다.

힘들고 지치는 많은 날들에는 엄마가 만들어 준 음식이 있어서 몸도 마음도 빵빵하게 부풀었던 시간을 떠올리며 기운이 북돋기를.

어묵탕

주재료 어묵 1봉지, 무 1/5개, 대파 1줄기, 양파 1/2개, 청양고추 2개, 홍고추 1개, 마늘 6개, 표고버섯 2개, 쑥갓 조금, 다시마 1장, 멸치 15마리, 가다랑어포 조금, 물 5C, 진간장 1/2C, 맛술 1/8C

1. 내장을 제거한 멸치를 기름 없이 팬에 볶거나 전자레인지에 20초간 돌려준다.
2. 멸치, 다시마 무, 양파, 대파를 넣고 육수를 끓인다.
3. 육수가 끓으면 고추, 마늘, 진간장, 맛술, 다시마를 넣고 우려낸 후 가다랑어포를 넣는다.
4. 육수에서 건더기를 건져내고 손질한 어묵을 넣어서 끓인다.
5. 마지막으로 쑥갓과 표고버섯, 홍고추를 넣어서 끓인다.

말캉짭조름, 궁중떡볶이

초등학교 앞 자주 드나들던 분식집에서 제일 많이 먹었던 것은 떡볶이였다. 바가지처럼 생긴 빨간 작은 플라스틱 그릇에 빨간 고추장과 고춧가루가 흰 떡살 위로 흘러내리며 엎치락뒤치락 하며 담겨 있었다. 고추장 양념이 다 배지도 않은 떡을 들어 올리면 그나마도 묻어있던 주홍빛 국물이 흘러내리고 만다. 고추장 양념이 묻은 길고 얇은 가래떡이 한입에 쏙 빨려 들어가는 맛이 얼마나 좋았던지 매일 먹어도 질리지도 않았다. 그러다가 집에서 오빠와 처음으로 떡국 떡으로 떡볶이를 만들어 먹었던 날, 고추장 양념은 짜고 떡은 너무 익어서 바닥에 눌러 붙고 말았다. 죽이 되기 일보직전이었다. 그래도 물을 들이켜 가며 절반 정도는 먹었던 것 같다.

아이들의 간식으로 간장떡볶이, 기름떡볶이, 국물떡볶이, 궁중떡볶이, 라볶이를 종종 했다. 기름떡볶이는 매운맛이 정말 최고다. 아이들 시험공부할 때 간식으로 해주면 매운 맛에 정신이 번쩍 들어서 졸음을 확 달아나게 한다.

궁중떡볶이는 간식이 아니라 제대로 된 요리 같다. 실제로 궁중떡볶이는 한국음식 200선 중의 하나이다. 궁중에서 임금님이 드셨다니 궁중떡볶이를 만들어 임금님의 기분을 느껴 볼까 한다.

말린 호박이나 구하기 어려운 재료가 있거나 다른 재료가 부족할 때는 좋아하는 표고버섯을 많이 넣어서 만든다. 가래떡, 버섯, 야채 등에 소고기가 들어가니 한 끼 식사로도 부족함이 없고, 반찬이나 술안주로도 이용한다. 간장양념이 떡에 배어들어 짭조름하고 달짝지근한 맛이 누구나 좋아할 만하다.

한번은 간장 떡볶이가 먹고 싶은데 재료가 떡국 떡 말고는 아무것도 없어서 떡국 떡에 간장양념만 했더니 그것도 먹을 만했다. 간장양념이 잘 배어들어 쫄깃한 떡이 맵지도 자극적이지도 않아서 오히려 부담 없이 먹을 수 있어서 좋다. 매운 음식을 좋아하는 큰딸은 궁중떡볶이에 빠진 매운 맛을 다시 청양고추로 대신하지만 말이다.

요즘은 사람들이 스트레스를 해소한다는 이유로 매운 음식을 지나치게 많이 먹는 경향이 있다. 더 자극적이고 더 매운 음식을 찾는 사람들의 입맛을 사로잡기 위해 온통 매운맛 상품들 출시에 열을 올리고 있는 것도 사실이다. 매운맛을 내는 캡사이신이 스트레스 해소와 비만예방에도 도움이 된다고 하니 더 선호하는 건지도 모른다. 하지만 너무 매운 음식으로 자극을 받아 몸이 상할 수도 있다. 매운 음식을 지나치게 좋아하는 큰딸도 수시로 위염과 통증을 호소한다. 며칠 전에도 늦은 시간에 매운 음식을 먹고 병원에 다녀와 당분간은 조심하게 하고 있다.

떡볶이가 먹고 싶다는 말에 자극적인 맛 대신 칼로리와 염분을 줄인 맵지 않고 담백한 궁중떡볶이가 나을 것 같았다. 그래서 애써 만들어 준 궁중떡볶이에 청양고추를 넣으려 들어서 겨우 말렸다. 매운맛없이도 충분히 맛있는데 말이다.

사람의 몸도 마음도 너무 지나치게 자극을 많이 받으면 쓰리고 아프다. 쓰리고 아픈 몸과 마음이 다시 회복되려면 훨씬 더 많은 시간과 노력이 필요하다. 당분간은 죽을 또 끓여 먹여야 될 것 같다.

궁중떡볶이

주재료 가래떡 800g(5cm 4등분), 소고기 200g, 말린 호박오가리 50g, 표고버섯 3개, 새송이 1개, 양파 1/2개, 다시마 우린 물 1C, 숙주 200g, 후추 1/8t, 참기름 1T, 통깨

양념장 맛간장 5T, 다진 파 1T, 설탕 2T, 참기름 1T, 깨소금 1T, 다진 마늘 1T

1. 가래떡에 양념장을 2T 정도 넣어서 밑간을 한다.
2. 소고기는 길게 채썰기, 말린 호박오가리는 물에 불리기, 숙주는 살짝 데친다.
3. 달군 팬에 기름 없이 소고기를 넣고 양념장을 4~5T 넣어 버무린다.
4. 소고기가 익기 시작하면 표고버섯, 양파를 넣어 익힌 다음 호박오가리와 나머지 양념장을 넣은 후 다시마물 1C을 붓는다.
5. 가래떡〉새송이〉데친 숙주〉참기름, 깨, 후추로 마무리한다.

기름떡볶이

주재료 가래떡 25~30개, 식용유 3T, 깻잎 10장, 고춧가루 1과 1/2T(매운 맛은 양조절)

양념장 맛간장 2T, 다진 파 1T, 설탕 1T, 참기름 1T, 깨소금 1T, 다진 마늘 1T

1. 깻잎은 돌돌 말아서 채 썬다.
2. 볼에 양념장을 넣고 가래떡을 버무려 놓는다.
3. 중약불에서 기름을 두르고 가래떡을 익힌다.
4. 가래떡이 다 익으면 불을 끄고 남은 열로 고춧가루를 넣고 저어 준다.
5. 먹기 직전에 깻잎을 고명으로 얹어서 먹는다.

세상에서 가장 맛있던, 스파게티

딸들도 가끔씩 부엌에 들어가서 음식을 만든다. 내가 아플 때는 흰죽을 끓여주기도 하고, 누룽지를 끓여주기도 한다.

한번은 큰딸이 베이컨을 잔뜩 넣은 스파게티를 만들어 주었다.

입맛이 까다롭고 예민한 편인 아이들은 맛과 간을 곧잘 맞추어 만들어 낸다.

딸이 스파게티를 만드는 동안 예쁜 그릇을 찾아 선반을 열었다. 딸들이 나중에 서로 가져가겠다고 욕심내는 그릇들이다. 아들 녀석은 누나들이 다 가져가면 자기가 엄마한테 금으로 된 그릇을 사준다며 너스레를 떤다. 언제쯤이면 딸들이 저 그릇들을 다 가져갈 것이며 언제쯤이면 아들 녀석이 금으로 된 그릇을 사줄지 모르지만, 엄마에게 그릇이 어떤 의미인지 얼마나 아끼는지 알아주니 그저 고맙다.

언젠가 또 맛있게 스파게티를 만들어 먹었던 날이 긴 스파게 티 면을 타고 나에게 딸려 올라온다. 서두르는 법이 없이 차분 한 손놀림으로 익숙하게 만들어 준 크림 스파게티에 마지막은 치즈로 오려 낸 하트까지 덤으로 얹어주는 사랑스런 애교를 발 휘 했었다.

처음으로 스파게티를 만들어 주었던 날, 맛보다 좋았던 것은 그 순간의 행복한 마음이었다. 피클 대신 좋아하는 갓김치와 함 께 크림 스파게티를 먹었다. 코를 시큰하게 하는 매콤 쌉쌀한 갓김치와 함께 크림 스파게티의 짠맛도 느끼한 맛도 모르고 먹 었다. 그저 먹는 그 순간이 좋았다. 세상에서 제일 맛있는 스파 게티를 먹은 날이었다. 그날처럼 크림스파게티를 포크에 돌돌 말아서 입안에 가득 넣고 맛있다며 너무 맛있다며 웃으며 말해 주고 싶다.

맛있는 음식, 멋있는 사람, 다정한 마음, 따뜻한 웃음 그 모든 것이 함께 있었던 완벽한 날들로 다시 되돌아갈 수는 없지만 다시 되돌아가고 싶은 날이 여전히 그곳에 있다. 다시 그날의 맛과 멋과 기분을 맛볼 수는 없을지라도.

토마토소스 스파게티

주재료　다진 소고기 300g, 올리브오일 1T, 버터 2T, 마늘 1T, 양파다
짐 200g, 당근다짐 50g, 샐러리다짐 30g, 양송이다짐 50g, 스파게티 면
200g. 토마토 페이스트 4T, 케첩 5T, 물 200cc, 비프스톡 1개

토마토소스　토마토소스용(헌트캔) 2캔, 월계수잎 2장, 오레가노 1t, 마른
고추 1t, 우스터소스 1T, 슬라이스치즈 1장, 설탕 1t

1. 다진 소고기는 소금, 후추로 밑간한다.
2. 스파게티 면 삶기－찬물 2L, 소금 2T 넣고 끓으면 면을 넣어 다시
   13분 끓인다.
3. 달군 팬에 오일, 버터를 두르고 마늘을 넣어 익으면 다진 소고기
   를 넣어 절반 정도만 익힌다.
4. 다진 야채(양파, 당근, 샐러리)와 토마토 페이스트를 넣고 중불에
   서 신맛이 없어질 때까지 오래 볶는다.
5. 케첩, 물, 비프스톡을 넣고 끓으면 토마토소스를 넣고 양송이 다
   짐을 넣는다.
6. 삶아놓은 스파게티 면을 넣어 먹는다.

링키네 알라 까르보나라

주재료　링키네 파스타 또는 스파게티면 200g, 파슬리 약간, 마늘 2개, 백
포도주 2T, 올리브오일 2T, 양파 50g, 말린 고추 1개, 베이컨 70g,

크림소스 달걀 1개, 달걀 노른자 1개, 파마산치즈 30g, 생크림 150ml →
거품기로 저은 후 통후추 간 것을 약간 넣는다.

1. 양파, 말린 고추, 베이컨을 다진다.
2. 마늘은 얇게 저미고, 파슬리는 다져서 흐르는 물에 씻어서 물기를 꼭 짠다.
3. 스파게티 면 삶기 – 찬물 2L, 소금 2T 넣고 끓으면 면을 넣어 다시 13분 끓인다.
4. 달군 팬에 올리브오일을 둘러서 고추, 마늘을 볶는다.
5. 양파를 익힌 후에 베이컨을 오래 볶는다,
6. 백포도주를 넣어 증발되면 삶아놓은 면을 넣어 1분 볶는다.
7. 뜨거운 면에 크림소스를 넣은 후 파슬리를 넣고 섞는다.
8. 통후추를 갈아서 뿌린다.(싱거우면 소금으로 간을 한다.)

오이피클

주재료 백다다기 오이 3개, 소금 1/2T, 청양고추 4~5개, 레몬 슬라이스
1/2개,

피클 양념장 물 2C, 식초 2/3C, 설탕 2/3C 소금 1T, 피클링 스파이스
1/2T, 통계피 5g, 생강 2~3쪽

1. 백다다기 오이에다 소금을 뿌려 15분 후에 씻어서 체에 받친다.
2. 피클 양념장을 끓여서 식힌다.

3. 손질한 오이에 식힌 피클 양념장을 부어서 청양고추, 레몬을 넣는다.

4. 실온에 3~4 시간 놔둔 후에 냉장 보관한다.

새로운 배움의 시간, 소고기 탕수육

아이들에게 직접 만들어 먹이고 싶어서 배웠던 소고기 탕수육. 어려운 요리인 것 같아 쉽게 도전을 못했던 탕수육은 밀린 숙제 같았다. 탕수육을 좋아하는 세 아이들을 위해 즐거운 마음으로 만들면서 나 또한 새로운 배움의 시간이었다.

번거롭기는 하지만 천천히 시간과 수고를 들인 만큼 맛있는 음식을 먹일 수 있다는 만족감이 매번 새로운 요리에 도전하게 만들었다. 나의 애씀으로 우리 아이들이 행복할 수 있어서 덩달아 행복해지는 일이다. 나의 수고로 우리 아이들이 맛있게 즐거웠던 시간을 그 아이들의 아이들도 느끼며 건강하게 자라나기를 바라는 마음으로 오늘도 음식을 한다.

소고기 탕수육

주재료 소고기 우둔살 200g,(돼지고기는 안심으로 한다), 맛간장 1T, 생강즙 1/2t, 정종 1T, 후추, 계란 흰자, 마른고추 1개, 생강 5쪽, 전복소스 1T, 굴소스 1T, 2배 식초, 불린 녹말 100g, 옥수수전분 50g, 오일 5T, 설탕 1/2C

탕수육 소스1 양파 1/2개, 목이버섯 50g, 사과 1/2개, 정종 1T

탕수육 소스2 뜨거운 물 1C, 소금 1/3t, 중국스프 2g, 간장 1t.

1. 소고기 우둔살을 맛간장, 생강즙, 정종, 후추, 계란 흰자에 30분 재운다.

2. 양파는 채썰고, 사과는 반달모양으로 썰고, 목이버섯은 불려서 찢어 놓는다.

3. 소고기를 불린 녹말, 옥수수전분, 오일에 넣어서 중불에서 오랫동안 튀긴다.

4. 팬에 오일을 두른 후 마른고추(씨 없이)와 생강을 노릇하게 튀겨서 꺼낸다.

5. 전복소스, 굴소스를 넣어 볶은 후 탕수육소스1. 을 넣는다.

6. 뜨거운 탕수육소스2.를 붓고 설탕을 넣어서 불을 끈다.

7. 물녹말(물 2T : 녹말 1T)을 넣고 다시 불을 켜서 끓인다.

8. 2배 식초를 1/2T 넣고 끓으면 튀긴 고기를 넣는다.

9. 불을 끄고 2배 식초를 1/2T 넣어서 마무리한다.

우리집 베이커리, 단호박 마블케이크와 허브 마늘빵

나는 빵을 좋아한다. 빵을 좋아하는 이유가 빵 굽는 냄새 때문이라 해도 과언은 아니다. 비 오는 날 빵집 앞을 지날 때, 흘러나오는 빵 냄새는 도저히 그냥 지나칠 수 없게 한다. 결국 못 참고 문을 열고 들어간다. 눅눅한 습기 사이로 뚫고 나오는 빵 굽는 열기가 비에 젖은 양볼을 팽팽하게 한다.

막 오븐에서 나온 파운드케이크를 샀다. 돌아오는 내내 따뜻한 파운드케이크의 단내가 났다. 한 손을 슬쩍 갖다대보니 따스한 온기가 차가운 손에 전해진다.

그 느낌이 좋다. 먹기 전에 이 느낌이 빵을 먹을 때보다 더 좋을 때가 있다. 드립 커피를 한 잔 내려서 빵과 함께 먹는다.

빵집에서 느꼈던 따뜻한 빵 냄새와 오븐의 뜨거운 열기를 집 안에서 다시 느껴보고 싶어서 반죽을 시작한다. 부엌에 가득 차는 따뜻한 냄새와 따뜻한 열기가 얼굴을 후끈하게 한다. 할머니의 부엌에서 장작불이 타올라 얼굴이 후끈하게 달아올랐던 것과는 사뭇 다르다. 마음을 데워주는 온기는 꼭 닮았지만.

빵이 오븐에서 영영 익지 않고 뜨거운 열기와 따뜻한 냄새를 집안 가득 채워주고 있으면 좋겠다.

아이들과 사람들의 북적거림 사이에서 정신없이 하루를 보내다 보면 기운이 쭉 빠질 때가 있다. 그럴 때는 드립 커피 한 잔과 빵이 피로회복제가 된다.

아무도 없는 조용한 공간을 다 차지하고 즐길 수 있는 시간이 얼마나 사람에게 위안을 주는지 모른다. 그 시간을 오롯이 즐길 줄 알아야 혼자 있게 될 많은 시간들이 외롭지 않다. 나 역시 그렇게 혼자 있는 시간의 힘을 즐긴다. 책을 읽고, 펜으로 글씨를 쓰고, 맛있는 원두를 구해 커피를 드립하고, 귀한 티팟을 꺼내서 차를 내려 마신다.

조용한 집안 공기 사이로 가는 원두 위에 맴돌던 물이 유리 바닥으로 흘러내리는 소리는 어떤 음악보다 향기롭고 달콤하다. 커피를 내리고 있을 때 문이라도 열면 고요하던 커피향기가 밀려들어오는 바람에 함께 이리저리 빠르게 퍼져 나가서 온 집안에 고소함이 들어찬다.

커피를 마시는 사람보다 내리고 있는 사람의 고소함은 이루 말할 수 없다.

구워낸 빵과 함께 부서지는 허브향의 상쾌함을 먹는다.

커피 한 잔에 빵 한 조각이면 충분한 행복.

단호박 마블케이크

주재료　녹인 버터 80g, 설탕 70g, 달걀 2개, 박력분 100g, 베이킹파우더 2t, 코코아 10g, 단호박 120g

1. 단호박은 쪄서 으깬다.
2. 녹인 버터와 설탕을 거품기로 섞어서 크림 상태로 만든다.
3. 달걀을 2~3번 나누어 휘핑한다.
4. 박력분과 베이킹파우더를 3번 이상 체에 골고루 섞는다.
5. 반죽의 1/3은 코코아, 2/3은 단호박을 섞는다.→ 다시 대충 한번 섞어준다.
6. 틀에 가장자리가 올라오도록 용기에 반죽을 넣고 가운데 빈 공간을 만들어 준다.
7. 180도 예열한 오븐에 넣어 30분 굽는다.

허브마늘빵

주재료　식빵 2장

소스재료 마늘가루 1/2t, 파슬리 1/2t, 올리브오일 1과 1/2T, 허브가루 1/3t, 파마산치즈 1/2t

1. 식빵은 가장자리를 자르고 3등분 한다.
2. 소스를 식빵 한쪽 면에 발라서 200도 오븐에서 4~5분 굽는다.

상큼한 별미, 훈제연어 샐러드

언어는 오메가3와 지방산이 풍부해서 고혈압, 동맥경화, 뇌졸중등 혈관질환 예방에 좋다. 그래서 슈퍼 푸드로 불리며 독일, 네덜란드 라인 강 주변국 사람들이 손꼽는 최고의 미식이다. 단백질도 풍부하고 쉽게 접할 수 있어 성장기 우리 아이들도 자주 먹는다. 연어는 특별한 비결이 없어도 누구나 손쉽게 할 수 있는 부담 없는 요리이다.

나 역시 가끔 모양새 갖춘 요리를 식탁 위에 올리고 싶을 때 종종 연어 샐러드를 했다. 냉동 보관된 훈제연어를 곁들인 샐러드는 특히 우리 큰딸이 좋아하는 메뉴 중 하나이다.

세 아이 중에 제일 마르고 먹는 양도 적은 큰딸이 고3이었던 시절, 늦은 시간까지 학교에 있다 돌아오면 힘들어하고 배고파했다. 집으로 돌아오면서 그날그날 먹고 싶은 메뉴를 주문하면 오자마자 먹을 수 있게 후다닥 준비해놓고 기다리는 게 엄마인 나의 일이었다. 고생하는 딸에게 내가 해 줄 수 있는 유일한 일은 맛있는 음식을 먹이는 것이었다. 그렇게 가끔씩 연어를 먹고 싶어 할 때를 대비해 냉장고에 보관해 두는 훈제연어와 야채만 있으면 손쉽게 만들어 내놓을 수 있다.

명절 연휴에는 기름진 음식에 지친 가족들에게 새콤한 소스가 어우러진 연어 샐러드는 느끼함을 날려주는 상큼한 별미가 되어주기도 한다.

연어가 완전히 해동되기 전 얼음에 재워둔 것처럼 시원한 상태로 먹기를 즐기는 큰딸의 기호에 따라 살짝만 해동되도록 샐러드를 준비해 놓은 다음 먹기 직전에 꺼내놓는다. 소스는 미리 만들어 냉장 보관하면 숙성도 되면서 시원하고 상큼한 맛을 더할 수 있다. 연어를 실온에서 오랜 시간 내버려두면 수분이 빠져나와 탄력이 떨어져 식감이 떨어지므로 모든 재료를 준비한 후에 마지막에 연어를 꺼낸다. 그러면 부드럽지만, 너무 물컹거리지 않는 적당히 먹기 좋은 식감을 느껴볼 수 있다.

채소가 준비되면 연어를 파프리카와 피망 버섯 등과 함께 한 입 크기로 돌돌 말아서 접시에 보기 좋게 담아낸 후 소스를 따로 곁들이거나 끼얹어 내어놓는다.

입에 넣자마자 연어에 남아 있던 마지막 차가움은 입안의 따스함에 녹아내리고, 부드러움은 더해져 입술과 혀의 부드러움과 연어의 부드러움이 하나가 된다. 이 부드러움에도 차가움을 유지하던 연어의 살이 탄력을 전부 다 잃지는 않는다. 상큼한 소스가 채소와 함께 어우러지니 입안에서 녹아 없어지지 않는 게 이상할 정도이다. 연어가 아주 먼 바다에서 꼬리 치듯 요동 치던 그 힘이 온몸으로 전해지는 것 같다. 늦은 시간까지 자신의 몸집보다 커다란 가방을 메고 학교로 학원으로 다니는 딸에게도 그 힘이 전해지면 좋겠다.

지치고 힘들 때마다 조금은 그렇게라도 엄마가 해주는 사랑을 담은 음식을 먹고 마음이 따뜻해지고 힘이 불끈 솟아 세상 어떤 일이든 버텨내고 이겨낼 수 있기를 바랐다.

손으로 짜낸 레몬즙은 소스의 새콤한 맛과 함께 연어에 남아

있는 비릿함마저 먼 바다로 돌려 보내버린다.

부드럽고 탄력 있는 연어를 새콤달콤한 소스와 함께 먹고 나니 늘어지고 지쳤던 마음에도 팽팽한 탄력이 되돌아오는 것 같다.

연어는 알을 낳을 때면 자신이 태어난 강을 거슬러 올라간다. 자신이 태어난 강의 물 냄새를 기억해서 찾아가는 것이다.

일생에 한 번 알을 낳고 죽는 연어가 냄새로 강을 거슬러 올라오듯이 엄마의 사랑과 정성이 담긴 연어를 먹었던 우리 딸도 그때의 맛과 냄새를 기억하며 언제 어디에 있더라도 엄마를 그리워하며 내 곁으로 돌아올 것이다.

훈제연어 샐러드

주재료 훈제연어, 청경야채(양상추, 로메인, 치커리, 비타민, 청피망, 오이 등)

소스 1 마요네즈 5T, 오이피클 1/2개, 파인애플 링 1개, 우유 or 생크림 3T, 레몬즙 4T, 머스터드 1t, 설탕 1과 1/2T, 소금 1t

소스 2 올리브오일 100cc, 식초 50cc, 설탕 3T, 소금 2/3T, 백후추 1/8t, 레몬즙 1T, 연겨자 1t, 양파 다짐 40g

1. 훈제연어를 접시에 야채와 모양대로 담아 소스를 곁들여 먹는다.

연어 고추장 양념구이

주재료 연어 600g

양념장 마늘 3쪽, 청홍고추 2개, 간장, 청주 3T, 고추장, 설탕, 다진 파, 참기름 1T, 다진 생강, 깨소금 1t

1. 연어에 양념장을 발라서 30분~1시간 재운 뒤 양념장을 덧발라서 5~7분 구워준다.

연어구이

주재료 연어 150g, 양송이버섯 1개, 양파 1/2개, 청피망 1/2개, 홍피망 1/2개, 밀가루, 레몬즙, 버섯, 야채, 소금, 후추, 버터 약간

1. 연어는 소금후추로 밑간한 다음 밀가루를 뿌린다.
2. 양송이버섯은 저며서 썰어준다. 양파, 당근, 피망은 채 썬다.
3. 팬에 버터를 두르고 버섯, 야채를 볶은 후 소금 간을 한다.(버섯과 야채는 기호대로)
4. 팬에 기름을 두르고 밑간한 연어에 레몬즙을 뿌려 익힌다.
5. 접시에 연어와 버섯과 볶은 야채를 보기 좋게 담아낸다.

진득하고 풍성한 맛, 무화과 샐러드

나는 나무를 좋아한다. 나무에서 열리는 열매의 신기함과 진귀함을 사랑한다.

계절이 익어가면서 함께 익어가는 열매를 기다리는 일이 당연한 일상처럼 느껴진다.

봄의 새싹이 여름을 지나 열매를 단단하게 만들고 가을이 되면 보기 좋게 무르익어 마음마저 풍요롭게 물들인다. 그렇게 마음을 풍요로 물들게 하는 열매를 사랑하지 않을 수 없다.

어느 해 크로아티아를 여행하면서 아드리아 해안의 매력에 푹 빠졌었다. 아름다운 아드리아 해안의 바람을 맞으며 서 있던 무화과나무들을 곳곳에서 만났다. 비가 내리는 아드리아 해안에서 비와 함께 불어오는 부드러운 바람을 맞으며 오래토록 그 자리에 서 있을 무화과나무가 돌아온 뒤에도 내내 생각났었다. 바람의 방향대로 나부끼던 널따란 이파리와 그리운 마음처럼 덩어리져 터질 것 같던 열매들도.

니코스 카잔차키스의 그리스인 조르바에 등장하는 무화과나무는 여름밤 크레타 섬 해안의 후덥지근한 밤바람을 불러와 외로운 사람의 마음을 마구 흔들어 더욱 애틋하게 했었다. 무화과나무의 커다랗고 거친 잎사귀를 스치는 바람이 펄럭일 때마다 말했다. 바람처럼 자유롭게 사유하고 행동하라고.

무화과나무는 내가 낯선 곳을 찾아 나설 때에도, 책 안을 둥둥 떠다니며 주유할 때에도, 다른 사람의 자유로운 삶을 동경하며 여행하고 있을 때에도 해안에서 불어오는 따스한 바람에 묻어있던 그리운 사람과 함께 기억되고 있다.

그렇게 유독 무화과나무가 내 눈에 띄는 것은 어릴 적부터 무화과나무를 보고 같이 자랐기 때문일지도 모른다.

할머니 집 마당 한켠 커다란 사철나무 옆에는 키 작은 무화과나무가 하나 있었다. 해마다 그 작은 나무에는 제 작은 몸으로 감당하기 힘들 정도로 무화과가 주렁주렁 열렸다. 부러지지는 않을까 염려되는 가지는 휘청거리며 가파른 돌바닥을 향해 늘어뜨려져 있었다. 그렇게 매달린 무화과는 어떤 맛과 색과 향기를 품고 있는지 기대하게 한다. 호기심을 불러일으키던 무화과가 드디어 자신을 밖으로 드러내 보여준다. 작은 쌀알 같은 하얀 알알이는 어느새 오월의 장밋빛보다 더 고운 석류 빛으로 물들었다. 익을 대로 익은 알알이는 작은 무화과의 얇은 껍질 밖으로 뛰쳐나가고 싶어서 안달이 난다. 그사이 더 무르익어가다가 견디다 못해 얇은 껍질을 뚫고 갈라진 틈으로 터져 나오기도 한다. 폭죽이 터지듯이 하나 둘씩 터져 나온다.

나와 만났던 무화과를 떠올려 식탁에 올릴 수 있는 샐러드를 준비한다. 한입 베어 물기도 전에 입안은 벌써 무화과의 맛이 풍성하게 느껴진다. 토독토독 씹힐 때마다 터져 나오는 소리는 널따란 무화과나무 이파리 사이를 지나는 바람이 부딪히는 소리와 같다.

때로는 널따란 무화과나무 이파리에 스치듯 지나가는 빗소리와 같다.

한데 놓인 초록 빛깔 채소와 붉은 무화과는 서로를 경계하다가 이내 어우러져 입안에서 한 번 더 붉은 빛으로 익어간다. 무화과의 질펀함이 온몸까지 전해져서 솜 방석 위에 엉덩이를 대고 앉은 것처럼 사람의 마음을 한없이 편안하게 해준다. 무화과의 질펀함이 날이 선 마음을 가라앉게 하는 걸 보니 스트레스 받을 때 무화과 샐러드를 먹으면 좋을 것 같다.

무화과가 무르익을 대로 무르익어서 물컹해지면 잼을 만들어 두고 먹는다.

달큰한 무화과 잼을 먹으며 아드리아 해안의 바람과 크레타 섬의 바람을 불러들여본다.

무화과 샐러드

주재료 무화과 3~4개, 채소나 과일
소스 올리브유 2T, 발사믹 식초 1T, 설탕이나 꿀 약간

1. 무화과를 4등분 한다.
2. 샐러드용 채소와 과일을 기호대로 준비한 다음 발사믹 식초 드레싱을 곁들인다.
3. 드레싱용 발사믹은 5년 이상 된 것이 향과 맛이 좋다.
4. 소스를 샐러드 양에 따라 양 조절해서 먹는다.

제5장

응원이 필요한 날에는

힘찬 기운 충전, 낙지 연포탕

싸움소가 다리가 풀려 쓰러지면 소의 입에 큼직한 낙지를 넣어준다고 한다. 그러면 지쳐 쓰러졌던 소는 입안에서 요동치는 낙지에 놀라 우걱우걱 씹어 삼키며 일어난다. 그 모양새를 보고 낙지가 쓰러진 소도 일으킨다는 말이 생겨난 것이다.

쓰러진 소도 일으키는 낙지를 예전에는 낙제라고 불러 수험생들에게는 먹이지 않았다고도 한다. 피로 해소와 기력 회복에 탁월한 효능이 있는 낙지는 타우린이 풍부해서 두뇌발달과 치매 예방에 도움을 준다.

낙지는 우리집에서도 즐겨 먹는 건강한 식재료 중 하나이다.

낙지 탕탕이, 낙지 볶음등 여러 가지 형태로 낙지 요리를 즐길 수 있지만 맑게 끓여내는 낙지 연포탕을 제일 많이 먹는다.

문틈으로 찬바람이 불어 들어오는 겨울 아침 따뜻한 국물이 먹고 싶거나 감기가 찾아올 것 같은 기분이 들어 으슬으슬 할 때는 시원하고 깔끔한 낙지 연포탕을 끓인다.

낙지는 사시사철 먹을 수 있지만, 특히 겨울이 제철이다. 겨울잠을 자기 전에 영양비축을 해서 그런지 맛이 뛰어나다. 살도 쫄깃하고 국물도 진하게 배어 나온다.

낙지 연포탕은 깔끔하고 시원한 국물이 관건이다. 기본 육수는 다시마와 말린 표고버섯, 양파, 무를 넣어 끓인다. 육수가 끓는 동안 낙지를 손질한다. 특히 낙지 연포탕에는 당연히 살아있는 낙지를 넣는다. 살림 초보일 때는 살아있는 낙지를 손으로 잡지도 못했다. 지금은 제법 능숙하게 잘 다룬다. 오히려 펄펄 날뛰어야 싱싱하니 더 좋다.

육수가 끓으면 썰어놓은 무를 넣고 국물의 시원함을 더하는 겨울 배추와 간 마늘과 준비된 채소들, 양파, 버섯, 청홍고추, 파 등을 넣는다. 육수가 다시 끓어오르면 낙지를 넣는다. 그 후, 조선간장, 진간장, 굵은소금, 후추로 간을 한 후 한소끔 끓인다. 낙지는 오래 끓이면 질기고 쫀득한 식감이 사라지므로 오래 끓이지 않는다.

바닷가 갯벌을 기운차게 휘젓던 낙지의 기운이 사람에게 고스란히 전해져 온다. 그래서인지 기력이 없는 날, 낙지 연포탕을 먹으면 없던 힘도 불끈 솟는다. 맑고 시원한 국물이 속을 뜨끈하게 데우고 나면 쫀득한 낙지가 씹히면서 고소한 맛을 낸다.

무엇보다도 밥 위에 낙지 한 점 얹어주던 사람의 마음이 기력을 불어 넣어 주었다.

몸과 마음이 지치고 피로했던 하루를 또 그렇게 따뜻하게 채웠다.

낙지 연포탕

주재료 기본육수 4C, 낙지 2마리, 무, 청양고추 3개, 양파 1/2개, 다진 마늘 1/2T, 대파(쪽파)1개, 부추 조금, 국간장 1T, 소금

1. 육수가 끓으면 썰어 놓은 무를 넣고, 산낙지를 통째로 넣고 끓인다.
2. 낙지가 익으면 먹기 좋게 잘라준다.
3. 양파, 대파, 청양고추, 마늘, 국간장을 넣고 마지막에 부추를 넣고 끓인다.
4. 소금으로 모자란 간을 조절한다.

땅의 기운을 한껏 품은, 죽순 반찬

지리산에도 봄이 돌아왔다. 오래된 나뭇등걸에서 이름 모를 버섯들이 피어나고, 계곡 사이를 듬성듬성 비워두었던 나무들은 연둣빛 보드라운 아기 살결 같은 잎사귀를 싹틔우고 있었다.

어느 해 그즈음 불편한 다리로 봄의 기운이 느껴지는 지리산 자락으로 갔다. 가끔 갔던 흙에서조차 풀꽃 냄새가 나는 한적하고 고요한 그곳. 먼 훗날 언젠가 그곳 어딘가 마당이 훤히 들여다보이는 집에서 처마 아래 내가 좋아하는 옥수수와 시래기를 매달아 놓고 살고 싶다 생각했다. 낡은 평상에 걸터앉아 손이 따뜻한 사람에게 몸을 기댄 채로 오늘 저녁엔 무얼 해먹을까? 사소하고 행복한 고민을 하며 하루를 보내는 머리가 희어진 나를 상상해 보았다.

봄이 오기 시작한 지리산 자락에서 질경질경 씹히는 더덕구이에다 산에서 자라난 나물들을 곁들여 밥을 먹었다. 나물에 밴 나무 냄새와 흙 냄새가 맛을 더했다. 살짝 양념이 입혀진 은근한 더덕의 향도 그냥 지나칠 수 없는 맛이다. 어디를 가나 사람은 자기가 좋아하는 것은 놓치지 않고 눈에 들어오는 법인가 보다. 죽순을 좋아하는 사람은 향 좋은 더덕에다 산나물까지 곁들여 잘 먹어 놓고도 돌아서는 발길이 아쉬워 죽순에 눈길을 돌렸다. 그 마음을 알아차린 여주인은 조만간 비가 내리면 죽순이 쑥쑥 솟아날 거라며 저장해놓은 죽순을 모조리 싸주었다. 한동안 실컷 먹고도 남을 만한 양이었다. 지리산이 내어주는 것들로 살아가는 사람의 인심에서 산사람의 냄새가 향긋하게 났다.

대나무의 어리고 연한 싹이 땅속에서 돋아나는 것을 보면 쑥쑥 자라난다는 말이 실감난다. 훌쩍 커버리기 전에 채취해 삶아서 저장해두면 오랫동안 아삭한 식감을 느끼며 먹을 수 있다.

얻어 온 죽순으로 죽순 들깨볶음을 했다. 죽순을 적당한 크기로 잘라 소금, 후추로 밑간해서 들기름에 볶아준다. 다진 마늘을 넣어 간이 밸 때까지 더 볶는다. 죽순이 잘 볶아지면 들깨가루를 넣어 고소함을 더해준 다음 청홍고추, 쪽파를 얹어서 마무리한다.

나보다 죽순을 더 좋아하는 사람에게 맛을 보이려면 지리산 자락으로 다시 되돌아가야 할까?

죽순은 아이의 속살처럼 뽀얀 것이 부드러워 보이지만 막상 먹어보면 그렇지 않다. 들깨가루의 고소함 사이로 아삭아삭 기분 좋은 소리가 난다. 향도 맛도 튀지 않는 어린 순이 연약해 보이지만 아삭거리며 존재감을 드러낸다. 올곧게 자라는 대나무를 안에 품고 있어서 그럴 것이다. 색도 모양도 매끈한 여린 죽순이 꼿꼿하게 자라나 대나무가 되면서 차가운 느낌이 더해진다. 죽순에게서는 따뜻함이, 대나무에게서는 냉철함이 느껴진다. 그렇다 해도 여리고 여리던 죽순의 시절을 기억하는 따스함은 남아 있을 것이다. 군더더기 없이 매끈한 것처럼 거칠 것이 없어 보이지만 자기만의 고집이 죽순에는 있다. 삶아도 물러지지 않고 아삭거리는 식감을 잃지 않는 것이 그렇다.

죽순과 대나무는 서로 아무 상관도 없는 다른 어떤 것 같지만 서로 상관있는 같은 것이다. 사람도 그렇다. 처음엔 다를지라도 결국엔 하나가 되는 죽순과 대나무처럼 사람에게도 따뜻함과 냉철함이 함께 한다. 사람처럼 그렇다.

죽순에 남겨진 옅은 무채색의 향기와 대나무 빛깔 바람의 냄새로 지리산의 봄을 먹고 그도 모자라 한아름 안고 다리가 아픈 것도 잊고 뛸 듯이 걸어 내려왔다.

올해도 지리산 자락에 봄이 오기 시작하고, 나무 그늘까지 따스한 햇볕이 스며들면 숨죽이던 죽순들이 젖은 흙을 밀어 올리고 고개를 내밀 것이다.

그러면 사람의 마음에서도 자라난 봄의 마음이 밀고 올라와 한없이 너그러워지면 좋겠다.

어느 날 불현듯 지리산 자락으로 가서 그날처럼 향기 좋은 더덕구이와 뽀얀 죽순을 곁들여 지리산의 맛과 향기를 즐기고 싶다.

벚꽃향이 나는 차를 마시며 봄바람에 날리던 흰 눈 같은 하얀 웃음이 지리산 자락마다 걸쳐져 별처럼 빛나고 있을 것이다. 다음의 봄날이 다시 올 때까지.

죽순 들깨볶음

주재료 육수(다시마물) 1C, 죽순 300g, 마늘 1t, 국간장 1t, 들기름 1T, 들깨가루(기호대로 양 조절) 소금 약간, 쪽파, 청홍고추

1. 죽순은 소금물에 말랑해질 때까지 삶아서 먹기 좋은 크기로 자른다.
2. 들기름에 손질한 죽순, 마늘을 넣고 소금 한 꼬집을 넣고 볶는다.
3. 육수를 붓고 간장, 들깨가루를 넣어 끓인다.(들깨가루 농도는 기호대로 물 조절해서 부족한 간은 소금으로 한다.)
4. 쪽파, 청홍고추를 고명으로 올려서 먹는다.

죽순 골뱅이 초무침

주재료 골뱅이 1캔, 죽순

양념장 재료 고추장 100g, 고춧가루 1T, 다진 마늘 1T, 물엿 2T, 식초 4T, 참기름 4T, 통깨 1T

1. 골뱅이 1캔을 뜨거운 물에 헹군다.
2. 고추장, 고춧가루, 다진 마늘, 물엿, 식초, 참기름, 통깨를 넣어 양념장을 만든다.
3. 골뱅이와 손질한 죽순을 양념장에 버무려 먹는다.

한여름 더위를 이기게 해주는, 장어탕

한여름 삼복더위에 가스불 앞에서 땀을 뻘뻘 흘리며 요리하는 날이 하루 이틀도 아닌데, 작은딸이 고3이었던 해의 여름은 특히 더웠다. 작은딸을 낳았던 그해 여름도 몇 년 만의 불볕더위였다. 만삭의 몸으로 그해 여름을 보내며 더위로 고생이 많았다.

여름이면 아이들의 몸보신을 위해 더위도 아랑곳하지 않고 가스불 옆을 지켰다.

고3인 작은딸을 위해 장어탕을 끓이는 일이 엄마인 내가 해줄 수 있는 일이었다. 아침 일찍 일어나 시장에 가서 장어를 포떠왔다. 육수를 우려서 장어를 넣고 푹 곤 다음 만들어 놓은 양념장을 넣는다. 양파, 대파, 숙주나물, 고사리, 버섯 등을 넣고 끓이면서 된장, 굵은 소금, 조선간장으로 간을 맞춘다. 그렇게 한 솥을 끓여놓고 나면 마음마저 넉넉해진다. 부자가 된 기분이다.

장어는 여름에 땀 흘리고 기운 없을 때 먹으면 좋다. 싱싱한 장어는 회로도 먹고, 구이로도 먹고, 샤브샤브로도 해서 먹지만 집에서 먹기에는 장어탕이 가장 좋다.

횟집에서 장어껍질을 벗겨내는 것을 본 적이 있었다. 껍질이 벗겨진 장어가 꿈틀대는 것을 보고 소스라치게 놀란 적이 있다. 그런 모습을 보고 나서 한동안은 장어를 먹기 싫었는데 몸에 좋은 음식이라고 하니 언제 그랬냐는 듯 또 먹힌다.

뜨거운 장어탕에다 뜨거운 밥을 척 말아서 막 담아놓은 파김치와 함께 맛있게 먹는 딸의 웃는 얼굴에 보조개가 우물처럼 움푹 팬다. 웃음의 깊이만큼 패는 보조개가 사랑스럽다.

에어컨 바람에도 콧잔등에 땀이 송골송골 맺힌다. 불 앞에 내내 서 있던 내 등에서도 땀이 주체할 수 없이 흐르고 있었지만 더운 줄 모른다. 딸아이의 웃음을 보면서 더위 따위 상관없다고 생각했다. 그렇게 언제나 나를 바라보며 웃어주면 아무것도 필요 없다고 생각했다.

할머니도 장어탕을 자주 끊여 주셨는데, 내가 끊인 장어탕에서는 그 맛이 온전하게 나지 않는다. 장어탕뿐만 아니라 다른 모든 음식이 다 그렇다. 할머니는 할머니만의 장독대에 있는 맛의 숨은 비결을 갖고 있었기 때문이다. 또한, 할머니의 손맛과 마음의 맛이 나와는 달랐을 것이다. 음식을 하다 보니 음식을 하는 사람의 손의 온기도 영향을 미치는 것 같다. 그런 면에서 할머니의 손의 온기와 내 손의 온기가 달라서 맛 또한 다를 것이다. 하지만 사랑하는 사람들에게 맛있는 음식을 내어 주고 싶은 마음만은 꼭 닮았을 것이라 믿어 의심치 않는다.

여름날 장어탕을 끓여 식구들의 체력을 보충해 주고 나니 더위가 싹 가신 것처럼 마음이 개운했다.

장어탕

주재료 포 뜬 장어 1마리, 고사리 100g, 숙주 100g, 머위대 100g, 풋고추 2개, 홍고추 2개, 방아잎 30g, 대파 1뿌리, 마늘 3톨, 고춧가루 4T, 물 6C, 된장 1T, 들깨가루 2T, 소금 적당량

1. 고사리와 머위대를 다듬어 데친 후 찬물에 헹구고 물기 제거 후 5cm 길이로 썬다.
2. 숙주는 꼬리를 떼고 씻어 물기를 제거한다.
3. 물 6C에 된장, 고춧가루를 풀어 넣고 장어, 고사리, 머위대를 넣고 끓인다.
4. 숙주와 들깨가루, 마늘, 대파, 고추를 넣어 끓이면서 소금으로 간을 한다.
5. 먹기 직전에 방아잎을 넣어서 먹는다.

설레는 첫 경험을 선물한, 문어

음식을 만드는 일이 즐겁다. 음식을 하는 순간 자체를 즐기기 때문이다. 음식과 함께 했던 모든 날들은 허기진 나의 영혼을 따뜻하게 채워 주었다.

음식을 만드는 일과 더불어 색과 맛에 따라 그에 맞는 그릇에 담아내는 일 또한 매력 있는 일이다. 같은 음식도 다른 그릇에 담아내면 색다른 느낌의 음식으로 재탄생 된다. 그래서 자연스레 음식을 담아내는 그릇도 좋아하게 되었다.

레시피가 정확하게 정해진 음식보다, 손과 눈의 감각에 의지하는 음식을 만들다 보면 그 맛이 할 때마다 달라지는 것도 신기하고 재미있다.

음식을 만드는 일은 마음을 담아내는 귀하고 소중한 일이라 생각한다. 그런 나의 열의와 관심을 TV 프로그램에 출연해서 발휘할 수 있는 기회가 생겼다.

음식의 주재료는 문어였다. 새벽부터 리포터가 바다에 나가서 직접 잡아온 문어를 가지고 오면 즉석에서 음식을 만들어내는 것이 내가 할 일이었다. 지금 생각해보면 어떻게 앞뒤 생각도 없이 덜컥 수락했는지 알 수가 없다. 얼마나 어려운 일인지 몰라서 겁 없이 할 수 있었다. 사실 그 이후에도 여러 번 부탁을 받았지만 아쉽게도 그때마다 상황이 여의치 않아 할 수 없었다.

갓 잡아온 재료로 즉석에서 음식을 해내는 일은 평상시 가족들에게 해주던 것과는 무척 달랐다. 정해진 시간 안에 여러 가지를 만족스럽게 해내는 일이라서 결코 쉽지 않았다.

요즘이야 TV와 휴대폰만 봐도 음식에 대한 어마어마한 정보가 넘쳐나서 아이디어를 얻기가 쉽지만, 당시에는 그런 정보도 부족해서 흔히 하는 문어숙회와 무침 정도였다. 하지만 나름 색다르게 만들고 싶어서 갖고 있는 레시피를 총동원했다. 어떤 일을 할 때도 그렇지만 특히 음식을 할 때는 과정과 순서를 정한 다음 머릿속으로 여러 번 반복해서 생각한다. 그렇게 하지 않으면 짧은 시간에 원하는 일들을 제대로 할 수 없다. 그것도 카메라와 사람들이 지켜보는 가운데 처음 해보는 일이라 더 긴장이 되었다. 준비를 하면서도 괜한 일을 시작한 건가 후회가 되기도 했다.

다음 날 아침, 주재료인 문어가 도착하면 즉시 손질해서 만들

수 있도록 가능한 모든 준비를 해놓았다. 각각의 음식마다 담아낼 그릇과 테이블 세팅에 필요한 모든 준비를 해 놓고 빠진 것이 없는지 수시로 확인했다. 만드는 과정도 설명을 해야 하는데 카메라 앞에서 말을 잘할 수 있을까 걱정과 염려로 밤을 새웠다. 한편으로는 처음으로 경험해 보는 일에 대한 설렘과 기대감도 있었다.

이른 아침부터 카메라와 문어를 들고 사람들이 집으로 들이닥쳤다.

꼭두새벽에 배를 타고 바다에 나가서 돌산 돌문어를 잡아왔다는 리포터의 목소리는 피곤한 기색도 없이 쩌렁쩌렁하게 울렸다. 가뜩이나 긴장한 나는 기가 눌리는 것 같아 얼른 펄펄 살아서 꿈틀대는 문어를 삶기 시작했다. 물을 끓이고 문어를 손질하고 머릿속은 다음 그 다음의 동선이 그려지고 있었다. 평소 손이 빠른 것도 도움이 되었다. 마이크가 달린 카메라가 너무 가까이 있어서 음식에 거의 닿을 것 같았다. 그만큼 줄어든 공간 때문에 손을 제대로 움직일 수 없어서 불편하기도 했다.

바삐 움직이는 와중에 문어가 잘 익었는지 맛도 볼 겸 얼른 입으로 가져갔다. 정말 맛있었다. 그동안 많은 문어를 먹었지만 먹어본 중에 가장 맛있는 문어였다. 그 이후로도 그날 먹었던 문어를 종종 이야기할 정도였다.

갓 잡아온 맛있는 문어를 이용해서 문어무침, 문어숙회, 문어가지샐러드, 문어죽을 했다.

문어무침은 초고추장의 새콤달콤함과 매운 고추를 썰어 넣어서 부족한 아침잠을 저 멀리 밀어냈다. 문어도 낙지처럼 너무 많이 삶으면 질겨져서 식감이 떨어지는데 아주 잘 삶아졌다.

문어숙회는 큰 다리 부분을 보기 좋게 저미듯이 자르고, 무를 통으로 잘라서 바닥에 깔고 그 위에 문어를 얹어 장식했다. 그리고 다른 접시에는 파를 데쳐서 한입에 먹기 좋게 문어에다 돌돌 말아서 내놓았다. 초고추장에 문어를 푹 찍어먹으면 야들야들하고 고소한 맛이 입안에 감돌아 제철 돌문어의 맛을 제대로 느낄 수 있었다.

문어샐러드는 씨푸드 샐러드를 응용했다. 샐러드 야채와 함께 구운 가지로 장식을 해서 삶은 문어를 발사믹 소스와 함께 곁들여 먹을 수 있게 했다. 보통 샐러드를 먹을 때 가장 손쉽고 맛있게 먹으려고 발사믹 식초를 주로 사용한다.

이탈리아에서는 얼마나 오래되고 좋은 발사믹 식초를 쓰는지를 보면서 그 집안의 음식문화와 수준을 알 수 있다고 한다. 발사믹은 이탈리아 말로 '향기 좋은'이라는 뜻이다. 말 그대로 새콤달콤한 향기가 가지는 물론이고, 야들야들 쫀득쫀득한 문어의 식감에 날개를 달아주는 것 같았다.

다리를 자르고 남은 문어 몸통과 파프리카를 이용해서 조금 다른 느낌과 맛이 나는 샐러드를 만들었다. 유자청과 두반장을 넣은 소스가 말캉한 문어와 아삭한 파프리카와 함께 씹힌다.

감기 걸리면 식은 밥으로 끓여먹이던 해물죽 레시피를 응용해서 문어죽을 만들었다. 시간 단축을 위해 밥을 커터기에 갈아서 볶은 다음 야채와 삶은 문어를 썰어 넣고 푹 끓였다. 목이 아프거나 속이 안 좋을 때 자주 끓여먹는 해물죽을 해물을 대신해서 문어만 넣어서 끓였는데도 아주 맛있었다. 문어가 싱싱하고 맛있으니 더욱 맛있었다. 좋은 재료의 중요성은 일순위로 꼽히니 굳이 언급하지 않아도 누구나 알 것이다.

이렇게 몇 가지의 음식을 재빠르게 만들었다. 일단 방송에 필요한 분량의 멘트와 촬영을 끝내고 나니 그제야 정신이 드는 것 같았다. 음식을 할 때도 설명을 할 때도 어떻게 했는지도 모르게 정신없이 지나가 버렸다. 본격적인 시식시간이 되자 잔뜩 긴장이 되었다.

방송 스태프들은 음식에 관련된 프로그램을 진행하면서 다양한 음식들을 접해봤을 터라 그 평가가 어느 누구보다 냉정할 것이었다. 짧은 몇 초의 순간이 아찔하게 지나갔다.

보통 전문 식당으로 찾아가 소문난 맛집 촬영을 주로 하는데 촬영할 때의 음식은 보기만 좋고, 맛이 없는 경우가 있다고 했다.

내가 만든 음식은 어땠을까? 그들은 지금껏 먹은 음식들 중에 제일 맛있고 보기도 좋다고 칭찬을 아끼지 않았다. 문어를

이용해서 평소에 접하지 못했던 음식을 맛볼 수 있어서 고맙다고 했다. 예쁘게 담아낸 그릇들도 인상적이었다는 칭찬까지 듣고 나니 그동안 준비한 수고와 피로가 말끔히 풀렸다.

생각지도 못했던 경험을 하고, 아무것도 아닐 수도 있는 일이지만 잘했다는 칭찬까지 받으니 스스로가 대견스러웠다. 좋아서 했는데 색다른 즐거움을 오히려 선물로 받은 느낌이었다.

여전히 음식을 만드는 일은 나를 즐겁고 행복하게 한다.

내 식탁에서 맛있게 먹는 모습을 상상하며 언제나 즐겁고 행복할 것이다.

그 이후로도 음식과 관련해서 TV와 라디오에 출연요청을 받았다. 고정으로 코너를 맡고 싶었지만 상황이 여의치 않았고, 마지막으로 음식 프로그램에 출연 섭외를 받았던 날은 거짓말처럼 병원에서 CT 촬영을 하려고 대기 중이었다. 그때는 검사 결과를 단정 짓기 어려운 상황이라 담당 작가와 통화하면서 다음으로 스케줄을 미루었다. 그날 미루어진 일정은 지킬 수 없는 약속이 되어 버렸다. 언젠가 다시 기회가 오면 음식을 하며 기쁨을 누릴 수 있는 순간을 마다하지 않을 것이다.

문어샐러드 1

주재료 데친 문어 200g, 채친 파프리카
소스재료 오일 4t, 유자즙 4t, 간장 2t, 두반장 2t, 참기름, 다진 생강 약간, 설탕 1t, 소금, 후추

문어샐러드 2

주재료 문어 몸통 굵은 부분 편 썰기
소스재료 포도씨오일 3T, 발사믹식초 4T, 마늘 1t, 씨겨자 2t, 소금 1/2t, 설탕 2t

문어무침(골뱅이무침으로도 이용)

주재료 삶은 문어, 미나리,

소스재료 고추장 100g, 고춧가루 1T, 다진 마늘 1T, 물엿 2T, 식초 4T, 참기름 4T, 통깨 1T

1. 삶은 문어를 먹기 좋은 크기로 잘라서 문어와 미나리 양에 맞춰 양념 소스를 버무려 먹는다.
2. 기호에 따라 매운 고추와 야채를 곁들인다.

조용한 위로, 된장 삼겹살구이

전 세계가 코로나 바이러스의 여파로 어수선하다. 연일 실시간으로 방송되는 속보를 보고 있노라면 지금 여기가 내가 살고 있는 나라가 맞나 싶을 정도로 낯설다. 점점 심각해져만 가는 상황을 지켜보면서 언젠가 영화에서 보았던 일들이 현실이 될지도 모른다는 두려움에 휩싸이기도 한다. 이 상태가 길게 지속되면 불안과 우울에 빠진 사람들이 살아갈 힘을 잃게 되진 않을까 두렵다. 모두가 마음을 모아 힘든 이 시간이 하루 빨리 지나가기를 바라고 있다. 내가 사랑하는 사람들에게 아무 흔적도 고통도 남기지 말고 지나가 주기를 매일 염원한다.

특별히 중요한 일이 아니면 거의 대부분을 집안에서만 지내고 있다. 외출을 못 하니 답답해하는 사람들도 있지만, 나는 집안에서 해야 할 일이 있으니 혼자 있는 시간을 잘 쓰며 지내본다. 그래도 아이들은 평소와 다름없는 밝은 얼굴로 들락거린다. 아이들의 웃는 얼굴을 볼 수 있어서 우울하지 않을 수 있다. 밥상 앞에 마주 앉아 나누는 짧은 이야기들이 그 어떤 것들보다 가치 있다. 일단 든든히 먹어야 웃고 울며 견뎌 나갈 힘이 생긴다. 할머니가 입버릇처럼 내 새끼 많이 먹으라고 했던 것도 그런 이유였을 것이다. 당신 없으면 어느 누가 어린 나를 입히고 먹일까를 걱정하시며 자신 몸 아픈 줄도 모르고 온 마음을 나에게 다 쏟으셨다. 할머니가 그랬던 것처럼 내가 사랑하는 사람들에게 따뜻한 밥상을 내어주고 마주 앉아 그들과 이야기를 나누는 행복이 있기에 이 위기의 순간을 버텨낼 수 있나.

해마다 봄이면 황사가 극성을 부리고 미세먼지가 건강을 위협하던 때에도 사람들의 마음을 든든하게 채워 주는 것은 건강한 한 끼 밥상이었다. 정확한 근거를 모르겠지만 삼겹살이 미세먼지 예방에 좋다는 말들을 종종하고는 했다. 아마 육류의 단백질을 섭취하면 든든해지는 기분이 들어서 그랬을 것이다.

그래서 코로나가 극성인 동안에도 돼지고기로 손쉽게 만들어 먹을 수 있는 묵은지 김치찌개, 삼겹살, 제육볶음을 해먹었다. 먹고 남은 돼지고기 삼겹살을 된장양념에 재워서 구워 먹었다. 양념이 타면서 구워지는 냄새만 맡아도 근심걱정이 다 달아날 것 같았다.

삼겹살 구이에 함께 먹는 달래의 맛에 잃어버린 활기가 돌아온다. 봄날의 춘곤증에 단백질과 비타민이 풍부한 돼지고기가 도움을 준다고 하는데 먹고 나니 오히려 졸음이 더 몰려오는 것 같다. 신경이 곤두섰던 요 며칠 잠을 제대로 못 잔 탓을 괜히 거기다 해본다.

내일은 항정살을 구워서 양파를 듬뿍 넣어 함께 졸여 먹어야 겠다. 남은 야채들과 함께 새콤달콤한 소스에 쌈을 싸서 먹으면 하루의 피로가 절로 풀릴 것이다.

점점 상황이 좋지 않게 흘러가면서 주변의 사람들의 얼굴에 그림자가 드리웠다. 힘들 땐 몸도 마음도 여의치 않겠지만 제때 밥이라도 잘 챙겨먹고, 기운내고, 힘내라고 말해주고 싶다.

하루 종일 밖에서 고생하고 돌아오는 당신에게 기운이 번쩍 날 음식을 만들어서 먹이고 싶다. 오늘도 애썼다. 당신 참 많이 애썼다고 속삭이며 따뜻하게 안아주고 싶다.

그리고 물어봐야지. 뭐가 먹고 싶어?라고.

세상에 없는 그 어떤 것이라도 만들어 낼 것이다.

된장양념 삼겹살 구이

주재료 돼지고기 삼겹살 600g, 향신즙 4T, 청주 2T, 후추

양념장 재료 된장 4T, 양파 4T, 마늘 1T, 생강즙 1t, 미림 2T, 청주 1T, 꿀 1T, 설탕 1T, 후추, 참기름 1T

야채 재료 각종 야채(상추, 부추, 깻잎), 다진 마늘 1과 1/2T 반, 소금 1/2t, 참기름 1T, 통깨 1/2T

1. 돼지고기 삼겹살을 하루 전날 향신즙, 청주, 후추로 밑간한다.
2. 양념장 재료을 볼에 넣고 섞어 양념을 만든다.
3. 야채(달래, 상추, 부추, 깻잎등)에다 다진 마늘, 소금, 참기름, 통깨를 넣어 무친다.
4. 밑간한 돼지고기를 80~90% 굽는다.
5. 4.의 구운 고기에 양념장을 바른 후 한 번 더 살짝 구운 후, 뒤집어 양념장을 발라가며 완전히 익을 때까지 굽는다.
6. 양념한 야채를 곁들여서 먹는다.

항정살 오븐구이

주재료 항정살 600g

항정살 양념 설탕 2T, 다진 마늘 1T, 씨겨자 1T, 생강즙 1T, 간장 2T, 후추 약간, 중국 간장 3T

야채 양념 향미나리잎 150g, 영양부추 50g, 어슷 썬 오이 1개, 채 썬 양파

1/2개, 다진 유자청 1C, 후추 1/8t, 2배 식초 3T, 간장 2T, 소금 1/4t

1. 항정살을 분량의 양념대로 넣고 한 시간 이상 재운다.
2. 향미나리잎, 영양부추, 오이, 양파를 야채양념(다진 유자청, 후추, 2배식초, 간장, 소금)에 버무린다.
3. 채 썬 양파를 용기 바닥에 깐 다음 그 위에 양념된 고기를 얹고 다시 채 썬 양파로 덮어준다.
4. 3.을 예열한 200도 온도 오븐에서 15분 굽고, 뒤집어서 15분 굽는다.
5. 구워진 항정살을 꺼내서 양념된 야채를 곁들여 먹는다.

한데 어우러져 먹어야 제맛, 닭볶음탕

요즘은 여느 때보다 더 아이들과 음식 이야기를 많이 한다.

어떤 음식을 먹을 때 어떤 맛과 분위기와 느낌과 기분이 들었는지 함께 이야기하며 기억해 내는 일이 새삼스럽게 즐겁다. 음식 이야기를 하며 추억을 더듬다 보면 그와 관련된 또 다른 많은 추억들이 생각나게 마련이다. 음식은 그 자체로 모두에게 따뜻함을 준다.

우리집은 닭을 이용한 음식을 자주 해먹는다. 튀기거나 삶아서 또는 볶음으로.

가을이 깊어가는 어느 해 아이들과 서울을 다녀오는 길에 처음으로 안동에 갔었다. 한 번쯤 가보고 싶었던 곳이었는데 마침 지나는 길에 이정표를 보고 즉흥적으로 안동으로 향했다.

안동 하회마을에 들어서니 마침 마당극놀이가 한참 벌어지고 있었다. 자리를 잡고 앉아 웃고 박수치며 재미나게 즐겼다.

마을 안쪽으로 들어가려면 셔틀버스를 이용해야 했다. 눈에 들어오는 마을 풍경에 감탄사가 나왔다. 들어가는 마을입구에는 배가 유유히 지나는 호수인지 강인지 물빛깔이 참 고왔다.

가장 인상적이었던 것은 늦가을 기와지붕과 초가지붕 위로 가지마다 늘어질 대로 늘어진 주홍빛 감이었다. 감나무 얇은 가지를 휘청이게 하는 작고 예쁜 감들이 올망졸망 매달려 있는 모습을 눈에 담고 사진에 담느라 몹시 바빴다. 잿빛 기와지붕 위로 드리워진 감나무의 감을 보면서 할머니 집의 기와지붕 위로 쏟아질 듯 매달린 감이 생각나서 더 반갑고 좋았다.

그렇게 구경을 하고 나니 시장기가 밀려왔다. 우리는 안동에 왔으니 맛좋기로 소문난 대표음식 안동찜닭을 먹어보기로 했다.

시장 입구를 들어서니 '원조', 'TV에 나온 집'이라는 화려한 선전문구가 적힌 간판이 즐비했다. 어차피 맛은 비슷할 테니, 적당한 식당을 골라 들어갔다.

안동찜닭은 너무 많은 기대를 한 탓이었는지 기대만큼은 아니었지만 그래도 배가 고팠던지라 아이들도 맛있게 잘 먹었다. 만드는 것을 슬쩍 봤더니 집에서처럼 닭을 양념에 재우지 않고 그 즉시 주문 받는대로 조리했다. 그래서 간이 속까지 잘 배이지 않아 싱거운 맛이 났던 모양이었다.

집에 돌아온 아이들은 안동찜닭에 대한 풀리지 않는 갈증이 생겼는지 닭볶음탕이 먹고 싶다고 했다. 큰딸은 맵게, 작은딸은 넓적 당면을 넣어서, 아들은 감자를 많이. 가끔은 각각의 요구를 다 수용해서 요리를 하는 내가 스스로도 대견스럽다. 어떤 요리든지 그렇지만 닭볶음탕도 집집마다 요리하는 방식이 다양하다. 나의 방식을 소개하자면 이렇다.

대부분 닭을 먼저 데치고 나서 양념을 하기도 하는데, 나는 손질한 닭을 일단 우유에 담갔다가 건져낸 후에 먹을 때마다 간장양념이나 고추장양념을 넣어 맛을 낸다. 그날은 안동찜닭의 맛과 분위기를 다시 느끼고 싶어서 간장양념을 기본으로 만들어 보기로 했다. 깊은 단맛을 내기 위해 설탕 대신 매실엑기스를 넣는다. 오래 묵은 매실이 간장양념에 잘 배어들면 한층 더 맛깔나는 단맛이 난다.

큰딸의 매운맛은 고추장과 고춧가루 대신 청양고추를 다져서 해결해주었다. 작은딸의 넓적 당면은 물에 불릴 시간이 부족해서 끓는 물에 살짝 삶았다. 아들이 주문한 감자도 충분히 준비했다. 부엌에서 음식 냄새가 풍겨 나오기 시작하면 집안은 축제 분위기가 된다. 요리에 대한 기대감은 그 무엇과 견줄 수 없다.

냄비 안에서 무르익어가는 냄새가 절정에 이르자 보채는 아들 녀석 때문에 마음이 급해진다.

상이 차려지자 세 아이가 식탁에 모여든다. 음식을 먹느라 바쁜 세 아이의 입에서 나오는 소리는 오케스트라의 맛있는 화음처럼 들린다. 식탁 한가운데에 놓인 커다란 접시에서 따뜻한 김이 모락모락 피어오르다 사라진다. 그 위로 매달린 조명등에서 따듯한 불빛이 내리쬐어 아이들의 머리카락을 반짝이게 한다. 식탁에 앉아 머리를 맞대고 온기를 들여보내며 맛있게 먹고 있는 아이들을 바라보는 내 마음처럼 반짝인다.

나는 어릴 적에 늘 닭다리를 차지하는 오빠 덕에 닭다리에 대한 애증이 있었다. 우리 아이들은 각자 좋아하는 부위가 달라서 닭다리를 놓고 다투는 일이 없어서 다행이었다. 지금도 닭다리를 좋아하지 않지만 그때는 왜 그리도 닭다리를 원했는지 모르겠다.

단지 먹고 싶어서가 아니라 아마도 그 옛날 할아버지와 오빠가 하나씩 차지하던 닭다리를 나도 한 번쯤 차지해보고 싶은 마음 때문이었을 것이다.

그 사이 남은 양념을 밥에 쓱쓱 비벼서 묵은지까지 올려 먹고 나서야 아이들은 안동찜닭에 대한 갈증을 해소했다. 지금은 다 함께 모여 밥 한 끼 먹는 일도 쉽지 않아져서 그날들이 아쉽고 그립다. 그럴 때면 우리가 다 함께 모여 앉아 웃고 떠들었던 식탁에서 그 흔적들을 찾아본다.

오늘은 어디서 무엇을 하는지. 무엇을 먹고 있는지.

닭볶음탕

주재료 볶음용 닭 1.2kg, 넓적당면 한 주먹, 감자 2개, 양파 1개, 대파 1개, 표고버섯 3개, 청홍고추

양념장 재료 물 2C, 간장 1C, 맛술 1/2C, 설탕 1/2C, 다진 마늘 1T, 술, 매실청, 생강 1/3T, 대파 or 쪽파 2T, 참기름 3T,

1. 닭은 손질한 뒤 씻어서 우유에 한 시간쯤 담갔다 빼놓는다.
2. 넓적 당면을 미지근한 물에 담가 불려 놓는다.
3. 감자와 대파, 양파를 먹기 좋은 크기로 잘라 놓는다.
4. 건져낸 닭을 냄비에 넣고 양념장에 재워두었다가 물을 넣고 끓인다.(끓이면서 간 조절할 때 물 대신 매실청을 넣는다.)
5. 닭이 어느 정도 익으면 감자를 넣고 감자가 익으면 양파, 대파, 넓적 당면을 넣고 끓여준다.

집으로 돌아오는 날, 하우스 카레와 된장국

아이들이 어릴 적에는 유난히 집안이 활기차고 북적거렸다. 아이들이 차츰 커가면서 집안에서 아이들의 즐거운 소란을 듣는 일이 부쩍 줄었다. 영원히 함께할 수 있을 것이라 생각했었는데 각자의 삶이 생기기 시작하면서 엄마의 품에서 한발 멀어지기 시작했다. 아이들로 채웠던 시간이 조금씩 비어가기 시작하자 이제는 나를 위해 그 시간을 쓸 수 있으니 좋다며 허전한 마음을 달래본다.

아이들과 함께하는 모든 시간의 대부분은 음식이 함께 있었다. 아이들의 먹거리를 준비할 때면 다른 생각할 겨를이 없이 분주했다. 그러다가 그중 한 아이라도 집을 비우게 되는 날이면 온 집안이 텅 빈 것처럼 적막했다.

유치원을 다니던 막내아들이 맨 처음 수련회를 갔었던 날.

처음으로 집을 떠나 하룻밤을 자고 오게 될 아들 생각에 걱정이 이만저만이 아니었다. 엄마 없으면 큰일나는 줄 알던 껌딱지 아들은 아들대로 처음으로 집을 떠나 친구들과 밤을 보낸다는 설렘과 엄마 없는 밤의 불안함이 교차하고 있었다.

그런 아들이 준비물로 가장 먼저 챙긴 것은 엄마의 베개였다. 엄마 냄새가 나는 베개를 꼭 가져가고 싶다는 것이었다. 베개를 끌어안고 서 있는 모습을 보며 웃음이 나지 않을 수 없었다. 그 마음이 예뻐서 꼭 끌어안아 주었다.

자신의 바람대로 엄마의 커다란 베개를 둘러매고 불안을 덜어주는 길잡이 삼아 잠시 집을 떠났다. 나행히 엄마 냄새나는 베개 덕분이었는지 하룻밤을 아주 잘 보내고 돌아왔다.

아들이 돌아오는 저녁 시간에 맞춰 카레를 만들고 있었다. 집으로 돌아오기 전 아들에게서 전화가 왔었다. 엄마가 만든 카레가 먹고 싶다고. 집에서 즐겨먹는 감자와 고기가 듬뿍 들어간 달고 매운 카레가.

그때나 지금이나 아이들은 집으로 돌아올 때마다 엄마가 만든 음식이 먹고 싶다는 말로 보고 싶다는 말을 대신한다.

나 역시 매번 제때 밥은 잘 챙겨 먹고 다니라는 말로 보고 싶다는 말을 대신한다.

엄마의 음식 중에 세 아이들이 모두 좋아하는 카레.

카레를 꽤나 좋아하는 아이들이지만 항상 엄마표 하우스 카레만을 애써 고집한다. 우리 아이들이 집에서만 먹던 고체 카레를 지금은 어디서든 쉽게 구할 수 있다. 아이들이 어릴 적에는 일정한 곳 아니면 구하기가 쉽지 않아서 갑자기 찾을 때를 대비해서 미리 넉넉히 준비해 두고는 했다.

고기와 감자를 많이 넣어 달라는 아들 녀석의 주문에 맞춰서 고기, 감자, 피망, 양파를 기름에 볶고 물을 부어 끓인다. 고체 카레를 분량에 맞춰 넣고 끓으면 마지막에 양송이버섯으로 마무리해서 완성한다.

미니 주먹밥이나 카레를 먹을 때 부족함이 느껴지는 식탁에 같이 곁들이면 좋은 미소된장국도 함께 내놓는다. 다시마 국물에 유부, 미소 된장, 혼다시를 넣어 간장으로 간을 맞추어 마지막에 숙주를 넣고 끓여서 먹기 직전 다진 쪽파를 고명으로 얹는다.

부엌에서 카레를 준비하며 아들을 기다리는 동안에도 창밖을 힐끗거리며 내다보았다. 드디어 문밖에서 인기척이 들려오자 쏜살같이 달려 나갔다. 금방이라도 눈물을 쏟아낼 것 같은 표정으로 내 품에 뛰어드는 아들을 힘껏 안았다. 잠 못 이룬 지난 밤 사이 겹겹이 쌓인 그리움이 전해왔다. 그때 아들에게는 엄마의 부엌에서 나는 맛있는 냄새가 또 다른 엄마의 냄새였을 것이다.

작고 마른 아이가 조그만 손으로 수저에다 밥을 산처럼 얹어 먹는 모습을 바라보았다. 아들의 작은 입이 벌려질 때마다 내 입도 저절로 벌려지는 것도 모른 채. 작고 얇은 입술이 오물거리며 움직일 때마다 내 입가에도 오물오물 웃음이 번지고 있었다.

달콤 매콤한 소스 사이에서 찾아낸 감자가 입안에서 보슬보슬하게 부서지는 느낌이 좋다고 했다. 먹기 싫은 채소도 고기와 함께 먹으니 저절로 맛있게 먹어진다. 자꾸만 손이 가는 가츠오부시가 우러난 미소된장국이 빠지면 또 안 된다며 너스레를 떠는 아들의 웃음소리가 내 가슴에서 살 익은 감지처럼 보슬보슬하게 부서진다.

먹다 남은 카레는 다음 날 꼭 데우지 않은 채로 먹는다. 카레를 마지막까지 맛있게 먹는 자기만의 방식이다. 카레가 가득 담겨 있던 그릇은 어느새 깨끗하게 비워졌다. 그 모습을 바라보던 내 마음은 절대로 비워지지 않을 것이다. 아들의 마음에도 엄마의 음식을 먹던 날들이 엄마에 대한 마음으로 따뜻하게 가득 채워져 있을 것이다.

하우스 카레

주재료 감자 2개, 양파 2개, 청피망, 홍피망 1개씩, 고기 200g, 양송이버

섯 4~5개, 하우스 카레 단맛 4조각, 매운맛 4조각

1. 고기, 양파, 감자, 청피망, 홍피망(고구마, 호박, 가지, 브로콜리를 대신 넣기도 한다.)을 차례대로 넣고 볶다가 물을 부어 끓여준다.
2. 재료가 다 익고나면 고체카레를 풀어준다.
3. 카레가 잘 풀리도록 저어주면서 끓인다.
4. 카레가 잘 풀리고 나면 마지막으로 양송이 버섯을 넣어서 끓인 후 먹는다.

미소 된장국

주재료 다시마물, 유부, 숙주 1/2봉, 미소된장 3T 혼다시 1t, 진간장 1T, 쪽파

1. 다시마물(다시마+물 7C)을 끓인다.
2. 물이 끓으면 미소된장, 혼다시, 진간장을 넣는다.
3. 머리꼬리를 제거한 숙주와 유부를 넣는다.
4. 국이 끓으면 간을 맞추고 마지막으로 쪽파다짐을 고명으로 얹어 먹는다.

알싸한 매력 한 접시, 마파두부

요즘은 종종 집에서 음식을 하지만 예전처럼 많이 자주하지는 못한다. 그래서인지 음식 만드는 순간이 좋아서, 누구든 내가 만든 음식을 맛있게 먹는 것이 좋아서 즐겁게 음식을 준비했던 날들이 더욱 감사하다.

나는 오늘도 부엌 앞을 서성이며 선반을 열어서 오랫동안 쓰지도 못하고, 손길을 기다리는 온갖 종류의 소스와 양념통을 바라보았다. 가끔 선반을 열고 바라보면 혼자서 얼마나 흐뭇했었는지 모른다. 예쁘고 특이한 오일과 어렵게 구한 소스들은 귀한 나의 재산 중 일부였다.

만져 보고, 쓸고, 닦고, 날짜가 지난 것들은 버렸다. 오래지 않아 다시 선반을 열어서 지금 남겨 놓은 것들도 다 버려야 할 것이다. 버려야 할 것들을 꾸역꾸역 남겨 놓는 것은 끝끝내 애착을 버리지 못하는 사람에 대한 나의 마음과도 같다. 차마 버리지 못하고 끌어안고 있는 옛 기억들. 사람의 감정도 너무 많은 시간을 방치하면 더 이상 쓸 수 없게 된다. 다시 보듬어 주든지 아니면 과감히 버려야 한다. 나는 매번 과감히 버리는 쪽보다는 보듬고 있는 쪽이었다. 물론 사람이든 물건이든 어떤 의미인지 다르기는 하다.

그렇다면 의미 부여를 하고 과감하게 버리지 못하고 있는 나는 누군가에게 과감히 버려지는 사람이었을까?

그럴지도 모른다는 생각이 나를 더 애달프게 한다.

유통기한이 가까워진 것들을 버리기 전에 최대한 활용해서 두반장 소스와 고추기름을 이용한 마파두부를 만들기로 했다. 마침 된장국을 끓이고 남은 두부도 있고 마파두부에 들어갈 고기는 꽃등심이 남아 있었다. 다만 마파두부를 할 때는 부침용 두부를 써야 으깨지지가 않는데 찌개용 두부뿐이라 아쉬운 대로 그냥 쓰기로 했다.

두부를 소금물에 데쳐서 물기는 빼고 작게 썰어놓고, 고기는 다져서 고추기름에 볶는다. 두부와 고기를 넣고 두반장으로 간을 맞춰서 물 전분을 넣어 끓이면 마파두부가 완성된다. 마지막으로 참기름을 한 방울 슬쩍 떨어뜨린 후, 넓적한 그릇에 마파두부를 담아낸다. 그러면 고급 중식요리 못지않은 마파두부가 완성된다.

마파두부는 매콤한 양념에 돼지고기와 두부가 어우러진, 중

국 사천지방을 대표하는 음식중 하나이다. 1804년 중국, 성도 지방에 사는 음식 솜씨가 좋았던 진마파가 두부와 돼지고기로 만든 음식이 바로 마파두부다. 그것이 인기를 끌면서 그녀가 죽은 뒤에도 그녀의 이름을 따서 마파두부라는 명칭이 생겼다. 중국의 작가 풍가길이 마파두부에 관한 시를 썼을 정도 맛이 뛰어났다고 한다. 전쟁 이후 한국으로 건너온 중국의 마파두부가 우리나라 사람들의 입맛에 맞게 변신한 것이 지금 우리가 쉽게 맛볼 수 있는 그것이다.

마파두부는 얼얼하고 매워야 제맛이다. 뜨거운 밥에 뜨끈한 마파두부를 얹으면 매콤한 냄새가 코끝을 자극한다. 쓱쓱 비벼 먹으면 두반장의 얼얼하고 칼칼한 맛과 송송 썰어 올린 대파의 어우러짐이 환상적이다. 더 매웠으면 하는 큰딸을 위해 청양고추를 다져서 넣었다. 고기의 기름과 고추기름의 느끼함도 매콤한 두반장 소스와 듬뿍 넣은 고추의 매운 맛이 있으면 문제 될 것이 없다. 매운 음식 마니아인 큰딸의 입술은 벌겋게 부푼다.

매워야 제맛이 난다는 큰딸은 매콤한 마파두부를 먹고, 없던 스트레스와 피로가 한꺼번에 날아갔다고 한다.

소용없어진 사소한 물건 하나조차 애지중지하는 성격 탓에 모아 놓은 양념을 효율적으로 쓴 것 같아 뿌듯했다.

한동안은 선반을 열어보지 않을 생각이다. 어느 날 문득 무엇인가 버리고 싶은 날이나 아무 소용없어진 물건이라도 버리고 싶은 날이 오기 전까지는.

내 마음의 선반에 깊숙이 남겨진 사람에 대한 마음은 언제까지 버리지 못하고 담아두고 있어야 할까? 할머니의 고무신처럼 낡고 낡아서 다 해지고 나면 그때 버릴 수 있을까?

마파두부

주재료 두부(부침용) 1모, 소고기(채끝 or 꽃등심) 50g, 마늘 1/2T, 대파 2뿌리, 설탕 1/4t, 두반장 1, 1/3T, 육수 1C, 물 녹말, 참기름, 고추기름 5T, 정종 1/2T,

1. 두부(부침용) 1모를 소금물에 데쳐서 작은 주사위 모양으로 썬다.
2. 소고기는 다진다.
3. 대파 2뿌리를 동글동글하게 자른다.
4. 팬을 달군 후 김이 나면 불을 끄고 고추기름, 다진 고기를 넣은 후 다시 불 켜서 볶는다.
5. 두반장을 넣어 볶으면서 간 조절을 한다.
6. 파, 마늘, 정종, 육수, 설탕을 순서대로 넣고 끓인다.
7. 데친 두부를 넣어서 3~4분 더 끓인다.
8. 물 녹말을 넣고, 참기름으로 마무리해서 마지막에 파를 얹어서 먹는다.

당신은 소중한 사람입니다, 피망잡채

결혼하고 순천에서 처음 살기 시작하면서, 낯설고 어색했던 도시에 조금씩 적응을 나갔다. 순천은 바닷가와 가까워서 싱싱한 해산물이 풍부하고, 도시 외곽으로는 논, 밭, 과수원이 많아서 제철 과일과 야채들도 풍부해서 건강한 식단을 어렵지 않게 준비할 수 있는 좋은 지역이었다.

서울에서 멀리 떨어진 순천으로 와서 사는 내가 안쓰러워 친정 식구들이 자주 다니러 오셨다. 돌아가신 아버지의 누님, 즉 내게 큰고모는 아버지를 대신해서 오빠와 나를 보살폈고, 할머니가 돌아가신 후로는 할머니를 대신해서 우리를 보살펴 주셨다.

친정 엄마 이상으로 나를 대하는 큰고모는 아무것도 모르는 내가 결혼해서 아이를 기르는 모습을 보면서 무척이나 기특해하셨다. 그러면서도 혹시 흠이라도 잡힐까 봐 시댁의 대소사까지 일일이 다 신경써주셨다. 큰고모는 일본에 자주 다녀오셨는데 덕분에 온갖 특이한 반찬이나 장아찌 종류는 다 맛을 본 것 같다. 할머니에 이어 큰고모 덕분에 다양하고 특이한 음식들을 맛볼 수 있는 좋은 경험이 두고두고 도움이 되었다. 어딜 가시든지 좋은 것, 귀한 것, 맛있는 것은 내게 다 갖다 입히고 먹이셨다. 우리 아이들에게도 그 정성은 마찬가지였다. 직접 못 오실 때는 택배로 부쳐주시기까지 했으니 그 정성은 말로 다 하지 못할 정도다.

늘 그렇게 마음을 써주셨던 큰고모가 어느 날 갑자기 이프기 시작하셨다. 아이들이 어릴 때라 아픈 큰고모 곁에서 많은 시간 함께 보내지 못한 것이 지금까지도 마음을 아프게 한다.

큰고모는 아프셔서 병원에 오가시는 중에도 조금 컨디션이 좋을 때는 우리집에 들르셨다. 그때마다 내가 할 수 있는 일은 몸에 좋거나 큰고모가 드시고 싶다는 음식을 준비하는 것이었다. 식혜와 갈비찜을 좋아하셔서서 자주 해드렸다.

어느 날에는 큰고모에게 특별하고 맛있는 음식을 해드리고 싶었다. 평상시에 잘 안 드셨던 음식을 해드리고 싶어서 준비한 것이 피망잡채였다.

언젠가 한 번은 지인 집에 초대 받은 적이 있었는데 그때 직접 만든 피망잡채를 내 주셨다. 예쁜 그릇에 담긴 피망잡채를 보며 먹기도 전에 이미 눈으로도 만족스러운 상차림이었다. 무엇보다 당연하게 매일 음식을 했는데, 정성껏 만든 음식이 오로지 나를 위해 준비되어 있으니 특별한 대접을 받는 것 같았다.

음식으로 존중받고 있다는 느낌 때문에 기분 좋았던 그날 당장에 피망잡채를 배웠다.

나도 누군가 소중한 사람을 위해 정성을 다한 음식을 하고 싶은 날 피망잡채를 만들어 잘 모셔둔 좋은 그릇에다 대접하고 싶었다.

그래서 친정엄마 같았던 큰고모를 위해 피망잡채를 만들기로 했다.

물론 항상 정성과 즐거운 마음으로 음식을 하지만 고급 음식점에서 먹는 것처럼 평소와 다른 특별함과 존중의 마음을 담고 싶었다.

버섯과 야채가 남아 있을 때 잡채를 자주 해먹지만 피망잡채는 피망이 많이 들어가는 고추잡채와 약간 비슷하다. 고기를 양념해서 볶고 피망과 버섯, 야채를 곁들여서 먹는다.

피망잡채를 할 때 꼭 들어가야 하는 것은 죽순이다. 음식을 할 때 생략해도 되는 것들도 있지만 꼭 들어가야 음식의 맛을 제대로 살려주는 재료는 절대 빠지면 안 된다. 피망잡채의 죽순이 그렇다. 제철이 아니면 구하기 어려워서 통조림 죽순을 사용한다. 삶아서 보관된 죽순은 기름에 한 번 볶아내도 아삭한 식감이 남아 있다. 어떤 음식 안에서도 소리 없이 존재감을 발휘

한다.

색과 향은 얌전하지만 아삭한 식감은 씹을 때마다 얌전하지 않고 톡톡 튀어나온다. 죽순으로 나물을 해서 먹는 이유도 그 아삭한 식감의 묘미에 있다.

피망잡채의 진짜 매력은 그렇게 잘 볶아진 고기와 야채를 꽃빵과 함께 먹으면 제대로 알 수 있다. 찜기에서 뜨끈하게 쪄낸 꽃빵을 보면 왜 꽃빵이라 불리는지 알 것도 같다. 빚어서 만든 꽃잎 같은 하얀 밀가루가 겹겹이 부풀어 올라 손대면 더 활짝 꽃을 피울 것 같았다.

고이 모셔 두었던 좋은 접시를 꺼내서 보기 좋게 담아놓으니 선뜻 손대기도 아깝다 하셨다. 언제 이런 걸 배워서 만들었냐 하시며 환하게 웃으셨다.

나는 꽃빵의 한 겹을 손으로 뜯어내서 피망잡채를 쌈 싸듯이 넣어 돌돌 말아서 드시라며 입에 넣어드렸다. 몸이 많이 안 좋으셔서 잘 못 드실 때였는데 그나마 내가 만든 것이라 썩 맛있게 잘 드셨다. 그날의 피망잡채가 큰고모께 해드린 마지막 음식이었다. 그때는 미처 몰랐다.

시간이 지난 다음 어느 날 알게 되는 마지막 순간을 몰라서 후회되고 아쉬운 순간은 그 이후로도 나를 찾아 왔지만 그때는 미처 몰랐다.

그때 그 순간이 마지막이라는 것을 알았다면 좀 더 특별하고 맛있는 음식을 해드렸을 텐데. 내가 받은 그 많은 사랑을 되돌려 드릴 시간도 없이 너무 빨리 내 곁을 떠나가신 큰고모 생각에 참 많이도 아팠다. 병원에서의 마지막 모습은 지금도 마음을 아프게 한다. 하지만 그나마 기억할 수 있는 순간들이 있어서 다행이라고 스스로를 위로해본다.

소중했던 사람과의 마지막은 함께 했던 차와 음식의 온기로 남아 있다.

여전히 따뜻하게 남아 마음에 온기를 불어 넣어 준다.

음식과 함께한 모든 시간들은 바로 나 자신이며 나의 역사이며 미래가 될 것이다. 힘들고 외로울 때 아플 때 음식으로 위로 받았던 날들과 그 음식을 먹으며 함께 곁에 있어 주었던 소중한 사람들을 잊지 않으며 살 것이다. 그립고 그리운 나의 사람들이 있어서, 그 사람들을 위해 음식을 할 수 있어서 행복했던 나를 잊지 않으며 살 것이다.

피망잡채

주재료 소고기 우둔살 200g, 설탕 1/2t, 술 1t, 생강즙 1t, 달걀흰자 1/2, 기름 1T, 간장 2t, 녹말 2t, 피망 5개, 죽순 80g, 불린 표고버섯 2장, 생강 1

쪽, 마늘 3쪽, 대파 1개, 꽃빵

소스재료 소금 1/3t, 설탕 1/2t, 술 1/2t, 후추

1. 소고기 우둔살은 결대로 채를 썰고 설탕, 술, 생강즙, 달걀흰자에 10분 정도 재운다.
2. 피망은 채 썰어서 찬물에 5분 정도 담군 후 건져서 꽃소금을 골고루 뿌린다.
3. 죽순, 불린 표고버섯을 채 썰기 한다.
4. 생강, 마늘은 얇게 썰고 대파는 어슷썰기 한다.
5. 소스를 민들어 놓는다.(소금 1/3t, 설탕 1/2t, 술 1/2t, 후추)
6. 찜기에 꽃빵을 찐다.
7. 재워 놓은 소고기를 기름, 간장, 녹말을 넣고 젓가락으로 흩뜨려 가며 익혀준다.
8. 팬에 식용유를 두른 후 파, 마늘, 생강, 죽순, 표고버섯, 피망을 순서대로 익힌다.
9. 5.의 소스를 넣고 익혀둔 소고기를 넣고 굴소스〉참기름으로 마무리한다.
10. 완성된 피망잡채를 접시에 담아서 꽃빵을 곁들어 먹는다.

보드랍고 바삭한, 치킨너겟

닭은 다양한 음식의 훌륭한 재료가 된다. 닭으로 만드는 다양한 음식들 중에 가슴살을 이용한 치킨너겟은 우리 아이들에게 영양만점의 간식이다. 갑자기 아이들 친구들이 들이닥쳤을 때도 인기 만점이었던 치킨너겟은 만드는 방법도 쉽고 간편하다.

언젠가 한번은 큰딸이 먹고 남겨 놓은 치킨너겟을 막내아들이 아무 생각 없이 먹었다가 혼쭐이 난 적 있었다. 이유인즉, 일부러 식으면 먹으려고 놔둔거란다. 그걸 모르고 아들은 실컷 먹고도 모자라 누나가 남겨 놓은 것까지 다 먹어치워 버렸다. 그래서 뾰루뚱한 딸을 위해 당장 다시 만들어서 식으면 먹으라고 했다.

치킨너겟이 익자마자 오븐에서 꺼내면 채 식지도 않은 열기가 남아 겉에 묻은 크래커를 마지막까지 바삭하게 하려고 애를 쓴다.

뜨거울 때 호호 불어가며 먹으면 결대로 찢은 잘 익은 가슴살이 보들보들하게 씹힌다. 칠리소스를 곁들어 먹으면 부족했던 단맛을 채워준다. 치킨너겟이 식으면 보들보들하게 씹히던 가슴살이 찰지게 딱딱 끊어지면서 씹는 맛이 더 좋아진다. 아무튼 예민한 입맛과 까다로운 식성을 가진 우리 딸은 아무리 많이 먹어도 살이 안 찌니 부러울 따름이다. 이 엄마도 아무리 먹어도 살 안찌고 날씬했을 때가 있었단다.

부디 많이 먹고 몸도 마음도 건강하게만 자라다오.

치킨너겟

주재료 닭가슴살 450g, 마요네즈 110g, 우유 2T, 커민 1/2t, 마늘가루 1/2t, 파프리카 1/2t, 야채크래커, 칠리소스

1. 닭가슴살을 적당한 모양으로 길게 썬다.
2. 썰어놓은 닭가슴살을 마요네즈, 우유 커민, 마늘가루, 다진 파프리카에 버무린다.
3. 야채크래커를 커터기에 갈아서 닭가슴살을 굴린다.
4. 210도 오븐에 굽는다.
4. 칠리소스를 곁들여 먹는다.

제6장

내 마음을 따뜻하게 하는 엄마의 음식

큰딸이 기억하는 엄마의 음식

　나에게 우리 엄마 요리 중에 제일 맛있는 요리 하나를 꼽으라면 솔직히 못 고르겠다.

　엄마가 지금까지 해주었던 모든 음식이 하나도 빠짐없이 맛있었다. 나뿐만 아니라 누구에게나 자신들의 엄마가 해주는 요리는 가장 맛있는 최고의 음식일 것이다. 그런 점을 감안하더라도 우리 엄마의 요리는 어느 누구에게나 꼭 먹여 주고 싶은 그런 맛이다.

　우리 엄마는 다른 사람과 같은 요리를 해도 자기 자신만의 것으로 만들어 박정윤 화 시키는 특별함이 있다. 엄마는 남들과 같은 것을 보고도 다르게 느끼고 다르게 본다. 남들이 보지 못하는 것도 엄마의 눈과 마음에는 들어온다. 우리 엄마만의 특별함이 멋짐을 만든다. 어릴 때는 그저 우리 엄마가 예쁘고 센스가 있다고 생각했지만 이제는 잘 몰랐었던 것들이 조금씩 보였다. 그럴수록 우리 엄마가 얼굴뿐만 아니라 얼마나 마음이 예쁜 사람인지도 알게 되었다.

엄마는 나와 우리 동생들의 자랑이다. 그런 엄마가 하는 요리는 남들과 달라도 분명 다르다. 누구나 요리를 하지만 우리 엄마처럼 하지 못한다. 사랑과 정성은 물론이다. 거기에다 우리 엄마만의 특별한 스타일대로 맛있게 만들어 준다.

매일 엄마 요리를 먹었던 날들은 잘 몰랐다. 매일 먹을 수 없는 요즘은 매순간 엄마 요리가 그립다. 이제는 집보다는 밖에서 밥을 먹는 날이 많아지기도 했고, 엄마의 건강도 예전 같지 않아서 더 그렇다. 엄마 요리에 대한 그리움은 그럴 때마다 더 새록새록 느껴졌다.

특히 집을 오랫동안 떠나 있을 때는 더더욱 그렇다. 엄마가 보고 싶은 만큼 엄마의 요리도 먹고 싶었다. 나는 교환학생으로 방학 동안 외국으로 어학연수를 갔었다. 하필이면 그때 엄마가 갑자기 아프서서 병원에 계실 때였다. 오랫동안 혼자서 외국생활을 한다는 기대감과 두려움도 있었다. 무엇보다도 아픈 엄마를 두고 가는 일이 마음이 편치 않았다. 병원에 있는 엄마 역시 나를 보내면서 제대로 못 챙겨서 보낸다며 걱정을 태산같이 하셨다. 다행히 동생이 엄마 곁에 있어서 그나마 안심이 되었다.

낯선 곳에서의 새로운 경험은 즐거웠다. 음식 역시 이것저것 모험심을 발휘해서 먹어보고 색다른 맛에 놀라기도 했다. 그렇게 며칠은 즐거운 마음으로 음식을 먹을 수 있었다. 하지만 매일매일 엄마가 있던 우리집 식탁이 생각났다. 병실에 누워 있는 엄마가 보고 싶어서 잠자리에 들면 눈물이 났다.

매일 전화 통화를 할 수 있어서 그나마 견딜 수 있었다. 엄마가 밥은 잘 먹느냐는 말에 잘 먹고 있다고는 했지만 사실은 너무 자극적이고 기름진 음식 때문에 장염에 걸려 고생 중이었다. 엄마가 걱정할까 봐 말하지 못했지만 엄마와 엄마의 밥상이 그리워 많이 힘들던 순간이었다.

돌아가면 엄마가 해주는 음식을 먹고 싶다고 했더니 뭐가 제일 먹고 싶냐 물으셨다. 닭볶음탕이 제일 먹고 싶다고 했다. 엄마 표 닭볶음탕은 엄마 요리에서만 나는 달달하면서도 코가 찡하게 맵고 진득한 맛이 있다. 매운 것을 좋아하는 나에게 특별히 더 맵게 만들어 주시던 맛 때문에 닭볶음탕이 더 생각났었다.

내가 집으로 돌아왔을 때 엄마도 집으로 돌아와 있었지만 항암과 방사선 치료를 막 끝낸 상태라 몸이 예전 같지는 않았다. 아픈 몸에도 불구하고 내가 그렇게 먹고 싶다고 했던 닭볶음탕을 만들어 주셨다. 너무나 그립던 엄마 식탁에 앉은 터라 목이 멨다. 동생들은 얼씬도 못하게 독차지하고 닭볶음탕에다 밥을 3그릇이나 먹었던 기억이 난다. 엄마도 같은 마음이었을 것이다. 그립고, 보고 싶고, 눈물 나고, 감사하고. 내내 우리는 그런 마음으로 엄마의 힘든 시간을 함께했다.

나도 아직 엄마의 아픔을 다 모른다. 나중에 시간이 지난 다음에 지금의 엄마를 생각하면 알 수 있을지도 모르겠다. 하지만 엄마가 우리를 얼마나 사랑하는지를 잘 알고 있다. 우리는 엄마 삶의 이유이다. 같은 여자가 봐도 무엇 하나 버릴 것 없는 완벽하고 아까운 사람이 우리 엄마이다. 그런 사람이 내 엄마라서 너무 좋고 행복하다. 그런 엄마가 몸도 마음도 아프지 않았으면 좋겠다. 엄마의 웃는 얼굴을 많이 보고 싶다. 내가 엄마를 많이 웃게 할 수 있다면 좋겠다.

요즘처럼 각자 바쁜 생활에 쫓기듯이 살면서 시간이 있을 때 조차 함께 밥 한 번 먹기가 힘들다. 엄마 밥을 못 먹는 요즘은 더더욱 엄마 밥이 먹고 싶을 때가 많다. 유독 집밥을 좋아하는 나는 엄마가 해놓은 밑반찬들과 젓갈과 매번 말만 하면 뚝딱 만들어 내는 요리에다 밥 먹는걸 좋아한다. 엄마 밥은 평생 그리울 것 같다.

요즘도 엄마가 없을 때 엄마의 밥맛이 그리울 때면 가까운 밥집을 찾아 가고는 한다. 오래되고 맛도 좋아서 유명한 맛집이라 맛있는 반찬에 먹고 싶은 요리를 골라 맛있게 먹고 온다. 그래도 매번 엄마가 해주시던 요리와 비교가 된다. 우리 엄마 맛에 길들여져서가 아니라 진심으로 우리 엄마 요리는 최고다.

엄마 말에 의하면 요리도 센스와 감각이 있어야 잘한단다. 머리, 손, 눈의 감각이 요리를 만들어 낸다고 말이다. 우리 엄마의 뛰어난 감각과 센스를 보면 그 말이 정말 맞는 말 같다. 그래서 요즘은 집밥 타령을 해보다가 엄마가 요리를 할 때면 부엌으로 쫓아가 거들며 눈도장이라도 찍는다. 나도 언젠가 스스로 요리를 해서 먹을 테니까. 늘 엄마가 말하는 것처럼 사랑하는 사람들에게 맛있는 음식을 먹여주고 싶을 것이다.

엄마의 부엌도 얼마나 소중한지 엄마의 빈자리가 느껴질 때마다 다시금 느낀다. 얼마나 맛있고 깨끗한 음식을 해주셨는지 그때는 몰랐는데 지금은 너무 그립고 잘 알고 있다.

엄마가 하고 싶었던 글을 쓰고 그 글이 책이 되어 세상에 나오면서 나도 몰랐던 엄마를 알게 되었다. 엄마가 왜 그렇게도 음식하는 일을 즐거워하시고 소중하게 생각하셨는지.

엄마의 이야기를 읽으면서 나도 엄마와 같은 마음으로 요리를 먹고, 만들어야겠다고 생각했다. 어린 날의 우리 엄마가 지금 이렇게 예쁜 사람으로 우리 곁에 있어줘서 고맙다. 나 역시 어린 날의 엄마를 안아주고 싶다. 우리 엄마 같은 여자를 사랑하지 않을 수 없다.

얼마 전에 동생과도 그런 이야기를 했다. 지금껏 어디에서도 우리 엄마만큼 예쁘고 아름다운 사람은 아직 못 봤다고.

내가 한 살 더 나이가 먹어서인지 그동안 엄마의 병이 가져다 준 마음들 때문인지 오랜만에 엄마요리를 먹을 때면 괜히 눈물이 난다.

엄마의 요리로 몸만 커진 것이 아닌 마음도 함께 커졌다는 것을 절실히 느꼈다. 예전엔 왜 몰랐을까 후회가 되지만 엄마에게서 받은 사랑을 늘 잊지 않을 것이다. 사랑하는 우리 엄마가 맛있는 요리를 계속하면서 행복하게 지내면 좋겠다. 나도 맛있는 엄마 요리를 열심히 배워서 언젠가 내 아이들을 위해서 만들고 있는 모습을 상상해본다.

작은딸이 기억하는 엄마의 음식

#1

소풍 가기 전 날, 배낭을 꺼내오라는 엄마의 말씀이 들리면 나는 건넌방으로 달려간다. 어떤 가방이 좋을지 고민하다 아빠가 며칠 전 운동화와 함께 사준 순백의 가방을 식탁 위로 가져간다. 이내 엄마는 지퍼백에 내가 고른 초콜릿, 과자를 차곡차곡 넣어주신다. 군것질 욕심을 부린 탓에 가방이 빵빵해진 만큼 내일을 향한 설렘도 빵빵하게 부풀어 오른다.

살짝 열린 방문 틈 사이로 음식 냄새와 그릇 부딪히는 소리가 서로 비집고 들어온다. 내 부푼 마음을 대변해 주는 유쾌한 소리이다. 잠결에 한껏 부푼 곱슬머리를 매달고, 부엌으로 향한다. 반밖에 떠지지 않은 나의 흐릿한 시야이지만, 기름이 튀겨지는 선명한 소리가 부스스한 나를 이끈다.

식탁에 앉아 윤기가 좌르르한 김밥 꼬다리를 하나 집어 먹는다. 못생겼다는 이유로 소풍날 아침에 내 입으로 먼저 향해지는 김밥이지만 울퉁불퉁한 모양 덕분에 그 식감도 입안에서 울퉁불퉁하게 느껴진다.

고소한 냄새가 나는 밥이 동그란 나무통에 담겨 있다. 엄마가 김밥을 쌀 때나 찰밥을 할 때 밥을 담아놓는 편백나무 밥통이다. 처음에 봤을 때는 신기했는데 지금은 엄마의 모든 것이 익숙하다. 엄마의 특별한 요리 솜씨만큼이나 특별한 그릇 사랑까지도.

옆을 보니 높이 쌓여가는 김밥의 재료들이 보인다. 햄, 단무지, 오뎅. 군데군데 맛좋게 그을려진 햄들 사이를 손으로 비집는다. 이내 엄마의 눈치를 보며 하나 집어먹는다. 손으로 빼먹는다고 잔소리를 하시지 않을 걸 알지만 나 혼자 괜스레 눈치를 보는 거다. 애교라도 떨어 볼 양으로 옅은 미소를 슬쩍 엄마에게 던지면서 오뎅 하나, 햄 하나 집어먹는 재미가 그렇게 쏠쏠할 수 없다.

깡깡 얼어 밑이 한껏 부픈 생수, 뚜껑에 따라 먹는 음료수, 김밥 그리고 치킨을 가방에 넣고 닫으면 나의 완벽한 하루가 열린다. 나를 보자마자 친구들은 어김없이 우리 엄마 치킨 하나하나를 점찍어두는 소리를 외친다. 돌이켜 보니 내게 소풍이 그토록 설레었던 이유가 우리 엄마의 음식이었다.

보물찾기, 장기자랑, 탐사한 유적지 정보를 수첩에 끄적이고 나면 허기가 진 친구들은 하나같이 나를 부른다. 아니 정확히 우리 엄마표 치킨의 안부를 묻는다. 엄마표 치킨 뚜껑이 열리자마자 친구들은 떼로 달려들어 재빠르게 치킨을 집는다. 먹어도 괜찮냐는 허락을 맡을 땐 이미 친구들의 입속에 치킨이 들어가 있다. 그때마다 치킨을 한 조각밖에 먹지 못해도 한 마리를 먹은 것 같은 포만감이 들었다. 치킨의 답례로 친구들의 치즈김밥, 참치김밥이 엄마표 김밥 위에 쌓였기 때문일 수도 있지만 난 그 속에서도 우리 엄마가 만든 가장 기본의 김밥만을 골라 먹었다. 보기만 해도 배부르다는 말의 의미를 엄마의 치킨을 딤내는 친구들을 통해 깨달았다. 친구들 중에서 그때도 지금도 유일무이하게 엄마표 치킨을 도시락에 넣어가지고 다닌 나는 그렇게 빵빵하게 배가 불렀던 것이다. 엄마의 사랑만큼이나 빵빵하게.

시간이 지나 눅눅하고 차가워진 치킨이 그 어떤 치킨보다 뜨겁고 따뜻했다. 아침에 일어나 제일 먼저 치킨의 바삭함을 느낄 수 있는 특권을 가진 나는 세상에서 가장 행복한 손님이었다.

#2

집안에 맛있는 냄새가 풍기면 그 냄새가 가장 진한 엄마 곁으로 달려 가곤했다. 오늘은 어떤 요리를 해주시려나 하는 기대감으로 엄마 뒤를 찰싹 달라붙어 따라다니면 우리 엄마에게서만 나는 유일무이한 냄새를 발판으로 그녀의 부엌을 엿볼 수 있었다.

한켠에는 깻잎, 보랏빛의 양파가 가지런히 누워있다. 보랏빛 불꽃 위에 있는 냄비에는 팥죽 색깔의 꾸덕한 소스에 고기들이 속속히 박혀 있었다. 잠시 엄마가 자리를 비우면 소스 속 고기들을 하나하나 빼먹곤 했다. 시식을 한 셈이지만 이 맛보기가 완성될 덮밥의 맛을 더 궁금하게 만들었다.

팥죽 색깔의 베이스 소스는 엄마가 직접 끓인 맛간장으로 만든 것이었다. 엄마가 만드는 맛간장은 우리가 먹는 거의 모든 음식에 들어간다. 그래서 엄마는 매번 간장이 떨어지기가 무섭게 과일과 야채를 넣어서 간장을 끓이신다. 그 맛간장 때문에 어디에서도 맛볼 수 없는 엄마만의 특별한 맛이 완성되는 것 같다.

그 시절 나에게 엄마는 미녀 마법사처럼 빨강의 액체를 검붉게 만드는 제일 멋있는 요리사였다. 잠시 그 단순하고도 오묘한 신비함에 넋을 잃었다. 엄마가 선반 깊숙이 고이 모셔둔 예쁜 그릇을 꺼내는 것을 보고 있노라면 배고픔은 더더욱 부글부글 들끓었다.

정갈한 직사각형의 식탁보 위에 부드러운 선을 지닌 그릇들이 놓여진다. 수저의 디테일도 놓치지 않는 섬세한 요리사는 그릇에 걸맞는 수저를 꺼내주신다. 그릇들은 디즈니 영화 '미녀와 야수'에 나오는 말하는 그릇들처럼 고풍스럽지만 낯선 멋을

품었다. 엄마가 아끼시는 그릇이 있는 곳은 함부로 손대면 안 된다는 생각에 낯섦이 다가온 듯하다. 이 낯섦은 음식에 대한 특별함을 더해주기도 했다.

흰밥 위에 소스가 뿌려지고, 적색 양파가 놓인다. 마지막으로 깻잎이 오른다. 뜨거운 소스와 깻잎의 시원함을 한아름 느끼면 정말 맛있다는 단순한 생각만이 머리를 맴돈다.

집을 떠나서 혼자 있는 지금의 나는 곁에 언제나 엄마가 있었던 날들이 그립다. 언제나 엄마의 음식 냄새를 맡을 수 있었던 날들이 그립다. 그 모든 것들이 함께 있었던 어린 시절의 내가 유난히도 질투나는 오늘이다. 우리 엄마도 나와 같은 생각을 하고 계실까.

#3

우리집을 벗어나는 내리막길의 끝엔 방앗간이 있다. 한 번도 가보지 않은 그곳이 정겨운 것은 추석이 돌아오면 송편을 만들기 위해 방앗간을 들르시는 엄마 덕분이다.

엄마를 배웅하는 새벽의 도어락 소리가 명절의 시작을 알려준다. 어렴풋한 잠귀를 닫고 아침에 일어나면 희고 고운 쌀가루들이 커다랗고 새파란 대야 안에서 만년설을 만들어 놓는다. 이내 엄마는 만년설을 녹이는 뜨거운 물을 부으며 반죽을 만든다. 이 과정이 몇 번 반복되고 나면 어느새 각각의 고운 알갱이들은 하나의 덩어리가 된다.

다음으로 송편에 들어갈 깨를 준비한다. 빨간 절구통에 깨를 붓고, 나무절구를 돌리며 깨를 으깬다. 연한 깨를 가는 소리가 쾌감을 준다. 나무절구 손잡이에는 초록의 무언가가 들러붙어 있다. 그땐 대수롭지 않게 넘겼지만, 그 시절 그때 찰흙 놀이를 하며 나무절구를 밀대로 쓴 내 모습이 떠오르며 괜히 웃음이 나온다.

식탁에 옹기종기 모여 송편을 빚는 시간이 오면 괜히 긴장된다. 송편을 예쁘게 잘 빚을수록 예쁜 자식을 낳는다는 엄마의 말씀 때문이다. 그 나이에 내 나이의 아이를 생각하며 신경을 곤두세우며 송편을 빚다보면, 손에 굳은 반죽들이 도예가의 손처럼 멋스럽고 예술적인 느낌이 든다. 왠지 모를 뿌듯함에 엄마 핸드폰 카메라로 반죽으로 덮여진 손을 찍어보곤 했다. 이런 재미조차 조금은 지루해질 때쯤 송편을 맛 보라는 반가운 목소리가 따분함 사이를 비집고 들려온다. 솔잎들 위에서 쫀득하고 탱탱하게 삶아진 송편을 통해 추석을 입으로 느낄 수가 있었다. 송편을 정성스레 빚은 덕에 예쁜 나의 아이들과 송편을 빚고 있을 내 모습을 그려본다.

지난해와 올해는 아픈 엄마 때문에 그냥 지나친 우리의 이 즐거움을 언젠가는 다시 만끽하고 싶다.

막내아들이 기억하는 엄마의 음식

학원이 끝나고 늦은 시간 집으로 돌아가던 길의 허기를 달래기 위해 가까이에 있는 편의점으로 들어갔다. 문을 열자마자 매콤하게 침샘을 자극하는 닭볶음탕 냄새가 나를 반겨주었다. 냄새를 따라 옆을 보니 한 남자가 인스턴트 닭볶음탕을 맛있게 먹고 있었다. 그래서 고민할 겨를도 없이 나도 같은 것을 사서 먹었다. 배고픔에 먹어지는 것일 뿐 역시나 뭔가가 부족했다. 엄마의 닭볶음탕을 더 그리워지게 만드는 맛이었다.

그날 집에 들어가자마자 인사 대신 "엄마 닭볶음탕 먹고 싶어요"라고 했다.

다음날 내가 했던 말을 까맣게 잊고 있었다. 집 앞에 들어서기도 전에 문 밖에까지 퍼져 나오는 맛있는 냄새의 펀치가 내 코를 확 치고 들어오기 전까지. 먹기도 전에 침이 줄줄 흘러내리는 것 같았다.

엄마의 웃는 얼굴. 엄마의 맛있는 음식. 세상에서 내가 가장 좋아하는 것. 우리 엄마가 가장 예쁠 때이다.

그런 우리 엄마가 환하게 웃으며 맛있는 닭볶음탕과 밥상을 차려놓고 나를 반긴다. 세상 제일 행복한 순간이다. 설레는 마음에 얼른 닭다리를 하나 집었다. 닭다리를 한입 베어 물고 그렇게 맵지도 않고 짜지도 않으면서 달달하고 맛있는 엄마의 음식에 또 한 번 감탄하면서 먹었다. 매번 맛있는 엄마의 음식이지만 정말 맛있다. 새삼스럽고 당연하지만 편의점 음식과는 비교 자체가 불가하다.

엄마가 아프고 나서 예전처럼 음식을 많이 자주 못 먹지만 기억에 있는 많은 날들의 맛이 있어서 충분하다. 지금은 엄마가 자신을 위해 몸과 마음을 쓰는 모습이 우리가 보기에도 좋다.

사춘기가 찾아오면서 친구들과 거의 대부분의 시간을 보내느라 엄마가 아플 때도 따뜻한 말 한마디 못했다. 어릴 때는 맨날 엄마 옆에서 딱 붙어서 껌딱지라는 별명이 있을 정도였는데.

커피를 좋아하는 엄마와 따뜻한 바람이 부는 날 카페테라스에 앉아서 엄마와 나눈 시간들을 기억한다.

우리 엄마가 아팠을 때 나 역시 너무나 마음이 아팠다. 표현을 많이 못해서 죄송하지만 여전히 나는 세상에서 제일 예쁜 우리 엄마가 제일 좋다.

엄마는 지금도 이야기를 쓰고 있다. 그 모습이 참 멋있고 좋다.

엄마의 책 첫 출간 기념회 때 아들로써 한마디 하라고 해서 엄마 책『십이월의 아카시아』가 대박나기를 바란다고 했다. 나중에 우리 엄마 같은 여자랑 결혼하고 싶다고도 말했다. 그때 내 말에 모두 즐겁게 웃었지만 진심 어린 말들이었다.

내 말대로 엄마는 첫 번째 책『십이월의 아카시아』에 이어 두 번째 책을 준비 중이다. 엄마가 원하는 대로 더 많이 사랑받았으면 좋겠다. 그리고 엄마 같은 여자랑 결혼하고 싶다고 했는데 그 말대로 될지는 모르겠나. 임마 같은 여자가 없어서 걱정이다. 우리 엄마처럼 마음 따뜻하고 사랑스러운 여자가 세상에 또 있을 것 같지 않아서. 게다가 음식까지 잘 하는 엄마 같은 여자라니!

지금보다 더 엄마의 음식을 못 먹게 되더라도 늘 엄마를 생각하고 엄마의 음식을 그리워할 것이다. 엄마에게서 나던 음식 냄새가 두고두고 엄마 품처럼 그리울 것이다. 그리고 엄마가 늘 이야기하듯이 그 순간이 우리에게도 기억으로 남아 마음을 따뜻하게 해줄 것이다.

우리 엄마에게 세상의 모든 따뜻함을 안겨주고 싶다. 아픈 시간은 잊어버렸으면 좋겠다. 예쁜 우리 엄마 얼굴에 눈물보다는 웃음이 꽃처럼 피어났으면 좋겠다.

지금도 닭볶음탕 냄새가 나면 그날 엄마가 환하게 반겨주며 나를 위해 차린 밥상이 떠올라 눈시울을 붉힌다.

엄마 책에 씌어 있던 '사랑 받았던 날들의 기억이 평생을 살아가는 힘이 된다'는 말처럼 우리에게 엄마의 사랑과 사랑이 담긴 음식에 대한 기억은 평생을 살아가는 힘이 될 것이다.

부록

책 속 양념 레시피

맛간장

양조간장 2L, 야채물 1C, 설탕 1kg, 끓으면 미림 1, 1/2C, 정종 1C을 넣고
끓으면 불을 끄고, 사과 1개, 레몬 1개를 씻은 후 물기 제거 후 얇게 썰어
서 끓여놓은 간장에 넣고 그대로 하룻밤 재운 후 사과와 레몬은 건져낸다.
맛간장은 냉장 보관한다.
   * 스테이크 덮밥의 맛을 내는 간장.
     각종 육류요리와 간장게장, 멸치볶음, 야채볶음, 버섯볶음, 생선조림,
     김치조림, 잡채 등 모든 요리에 다양하게 이용된다.

야채물

생강 20g, 마늘 30g, 통후추 1T, 양파 썰어서 200g, 당근 50g, 물 2C, 정종
1/2C, 끓으면 뚜껑 열고 약한 불에서 20분 동안 1C으로 졸인다.
   * 맛간장에 들어가는 야채물.

오일소스

엑스트라 버진 3C, 마늘 5개 편썰기, 마른고추 4개(잘라서)를 약한 불에
졸인 다음 걸러낸다.
   * 덮밥용 밥이나 다양한 밥 볶음용으로 사용하면 좋다.

된장소스

사과 1/2개, 양파 1/4개, 설탕 1/2T, 된장 1T, 참기름 1T, 식초 2T, 깨소금,
간장 약간
   * 돼지고기 요리와 잘 어울리며 특히 항정살구이와 궁합이 좋다.

초간장소스

간장 1T, 식초 1T, 설탕 1/2t, 레몬즙 약간
   * 소불고기 야채말이 소스로 좋다.

땅콩칠리소스

스위트 칠리소스 2T, 레몬즙 1T, 다진땅콩 1/2T

  * 월남쌈이나 샤브샤브 소스로 좋다.

올리브오일소스 1

올리브오일, 식초, 설탕, 물 1T, 소금 1/3t

올리브오일소스 2

올리브오일, 맛간장, 하인즈 5%식초 1 : 1 : 1 — 기호대로 양조절

  * 닭가슴살, 과일, 야채 샐러드 소스로 좋다.

포도씨오일소스

포도씨오일, 식초, 설탕, 다진양파 1T, 다진마늘, 후추, 파프리카 가루 약간씩.

  * 구운 닭 안심요리 또는 육류, 구운 토마토 소스로 이용하면 좋다.

데리야끼소스

간장 4T, 설탕 3T, 청주 2T, 다진마늘 1/4t, 생강, 후추 조금

  * 치킨요리, 장어요리, 꼬치구이, 생선구이, 야채구이 등 다양하게
    이용하면 좋다.

쫄면소스

고추장 2C, 사이다 2C, 고춧가루, 물엿, 설탕 1/2C, 사과식초 2/3C, 국간장, 마늘 4T, 후춧가루 약간

안심스테이크 페퍼소스

간장 1/2C, 후춧가루 4T, 버터 20g, 생크림 1~2T

  * 스테이크, 구운버섯, 닭가슴살에 뿌려 먹어도 좋다.

스테이크소스

레드와인 1C, 발사믹 식초 1/4C, 꿀 2T, 소금 1t, 버터 15g

* 모든 재료를 팬에 넣고 1/3로 졸이고 버터를 녹여서 완성한 후 스테이크 소스로 이용.

햄버거 스테이크소스

케첩 4T, 스테이크 소스 4T, 레드와인 4T, 올리고당 4T, 월계수잎 1장, 후춧가루 약간

데미그라스소스

물 2C, 레드와인 1C, 양파다짐 1/4개, 양송이버섯다짐 2개, 할라피뇨 1T, 마늘 1/2T, 오렌지잼 또는 복숭아잼 1/2C, 토마토페이스트, 설탕 1/4C씩, 소금, 케첩 약간 – 센불에서 졸임

* 돈까스, 스테이크, 오므라이스 소스로 이용하면 좋다.

간장 양념소스 1

간장 3T, 청주 2T, 꿀 1T, 다진마늘, 참기름 1t, 다시마국물 약간.

* 끓인 간장 양념소스에 야채와 함께 전복찜을 하면 좋다.

간장 양념소스 2

간장, 청주, 맛술 3T, 설탕 1t, 청양고추 다짐.

* 야채구이, 꼬치구이, 치킨, 돼지고기 등에 좋다.

간장 양념소스 3

발사믹 4T, 간장 1T, 꿀 1T, 소금 약간

* 견과류, 콩, 닭가슴살 조림

레드와인소스

양파다짐 1/4개, 다진 마늘 1T를 볶다가 밀가루(미리 팬에 구움), 레드와인을 넣고 끓인 후 소금, 후추로 간한다.

* 닭다리, 닭가슴살, 스테이크류 등에 이용한다.

크림소스

팬에 버터와 밀가루 1 : 1 비율로 넣고 볶다가 밀가루가 익으면 우유로 농도를 맞춘 후 걸쭉해지면 소금 간한다.

* 스파게티, 립아이 스테이크, 소고기 등심, 브로콜리에 어울린다.

지중해식 해산물소스

캔에 든 토마토 750g, 두반장 90g, 물 70cc, 설탕 30g, 백포도주 75cc, 식초 75cc, 오렌지주스 150cc, 파인애플주스 150cc, 다진 파인애플 100g, 소금, 후추, 고춧가루, 고추기름, 다진 대파를 한꺼번에 끓인 후 전분으로 농도 조절한다.

* 야채와 곁들인 튀긴 왕새우(해산물)소스에 좋다.

발사믹소스

발사믹 식초 80g을 2/3 정도로 졸이고 꿀을 첨가한 후 녹말로 농도를 조절한다.

* 각종 샐러드, 샌드위치 등에 이용하면 좋다.

비네거소스

와인 비네거 10ml, 흑설탕 5g, 데미그라스 소스 100ml, 소금, 후추 약간
* 끈끈해질 때까지 끓인 다음 돼지등심 또는 등갈비 소스로 이용한다.

바질페스토

올리브오일 150ml, 바질잎 100g, 잣 40g, 다진 마늘 1T, 파마산치즈가루 20g, 소금, 후추 약간 – 모두 섞는다.

  * 파스타, 피자, 샐러드, 샌드위치 등에 이용하면 좋다.

베이컨소스

마요네즈 4T, 머스타드 소스 1T, 꿀 1t, 식초 2t

  * 베이컨에 팽이버섯, 피망, 파프리카, 치커리를 넣어 말아 이쑤시개로 고정 후 구워서 소스를 곁들이면 좋다.

고추장소스

고추장 3T, 물엿 3T, 고춧가루, 깨소금, 참기름 1T, 다진 마늘, 다진 대파 약간씩

  * 고추장 삼겹살 석쇠구이(삼겹살을 초벌구이한 다음) 소스를 발라 구워 먹으면 좋다.

타르타르소스

마요네즈 1/2C, 머스타드 소스 1T, 레몬즙, 소금, 후추 약간, 오이피클 다짐, 샐러리 다짐, 파슬리 다짐 2t,

  * 게살, 닭가슴살 튀김, 굴 튀김 등에 이용하면 좋다.

고추장 볶음

소고기 다짐 70g(간장 1t, 설탕 1t, 파다짐 2t, 마늘 1t, 후추), 참기름 1T, 배즙 4T, 고추장 1C – 15분 졸인 후 설탕 1T, 꿀 2T, 잣 2T을 넣는다.

  * 쌈장으로 이용하면 좋다.

매실 초고추장

매실청(매실즙) 2T, 고추장, 식초, 올리고당, 다진 대파 2T, 깨소금 1T, 고
춧가루 1t, 다진 마늘 1t

고추냉이 양념장

고추냉이가루 3T, 물 60ml, 다진 대파 2T, 홍고추 다짐 2T, 식초 3T, 레몬
즙 2T, 후춧가루 약간

믹싱콩가루

볶은 콩가루 3T, 구운 소금 1t, 설탕, 후춧가루 약간

양파칠리소스

양파다짐 3T, 간장 6T, 식조 4T, 고춧가루 1T, 꿀 50ml, 청양고추 1개
  * 삼겹살, 육류 구이에 이용하면 좋다.

겨자소스 1

플레인 요구르트 4개, 머스타드 40g, 꿀 80g, 소금 후추로 간한다.

겨자소스 2

겨자 갠 것 2T, 마늘 다짐 2T, 식초 3T, 설탕 3T, 간장 1T, 소금 1t, 참기름
약간
  * 생선구이(가자미) 소스 또는 월남쌈 등에 이용하면 좋다.